絶《ぜっ》体《たい》絶《ぜつ》命《めい》ゲーム

1 億《おく》円《えん》争《そう》奪《だつ》サバイバル

藤《ふじ》ダリオ・作
さいね・絵

角川つばさ文庫

目《もく》次《じ》

キャラクター紹介《しょうかい》

宮野《みやの》ここあ

原宿《はらじゅく》で服《ふく》を買《か》う
ためにお金《かね》が必要《ひつよう》。
ぬいぐるみを
手《て》ばなさない。

滝沢未奈《たきざわみな》

意志《いし》の強《つよ》い少女《しょうじょ》。病気《びょうき》の
妹《いもうと》の手術費用《しゅじゅつひよう》のため、
絶対《ぜったい》に１億円《おくえん》を持《も》って
帰《かえ》ると決意《けつい》している。

武藤春馬《むとうはるま》

親友《しんゆう》の秀介《しゅうすけ》のかわりに
ゲームに参加《さんか》する。勉強《べんきょう》も
スポーツもできるほう。
ちょっとお人好《ひとよ》し。

三国亜久斗《みくにあくと》

「本気《ほんき》の勝負《しょうぶ》が
したい」という理由《りゆう》で
ゲームに参加《さんか》した
謎《なぞ》の少年《しょうねん》。

仙川文子《せんかわふみこ》

きちょうめんな
優等生《ゆうとうせい》。欠陥住宅《けっかんじゅうたく》の
家《いえ》を建《た》てなおすため
お金《かね》が必要《ひつよう》。

上山秀介《うえやましゅうすけ》

春馬《はるま》の親友《しんゆう》。
一人親《ひとりおや》で働《はたら》きっぱなしの
母《はは》を助《たす》けるため、
お金《かね》が必要《ひつよう》。

小山草太《おやまそうた》
父親《ちちおや》が1億円《おくえん》
横領《おうりょう》したので、
お金《かね》が必要《ひつよう》。押《お》しの
強《つよ》い人《ひと》に弱《よわ》い。
桐島麗華《きりしまれいか》
自称《じしょう》・天才女優《てんさいじょゆう》。
自分主演《じぶんしゅえん》の映画《えいが》を
撮影《さつえい》するために
お金《かね》が必要《ひつよう》。
利根猛士《とねたけし》
自信満々《じしんまんまん》な「オレ様《さま》」。
サッカー留学《りゅうがく》する
ためにお金《かね》が必要《ひつよう》。
浅野直人《あさのなおと》
人当《ひとあ》たりがよい少年《しょうねん》。
父親《ちちおや》の会社《かいしゃ》が
倒産《とうさん》しそうなので
お金《かね》が必要《ひつよう》。
死野《しの》マギワ
『絶体絶命《ぜったいぜつめい》ゲーム』の
案内人《あんないにん》。あやしげな
関西弁《かんさいべん》をしゃべる。
竹井《たけい》カツエ
空手《からて》の達人《たつじん》。親《おや》が
詐欺《さぎ》にあい、手《て》ばなした
工場《こうじょう》を買《か》いもどすため、
お金《かね》が必要《ひつよう》。

❶

神様《かみさま》なんていない

「おねえちゃん……」

妹《いもうと》の弱々《よわよわ》しい声《こえ》で、滝沢未奈《たきざわみな》は目《め》を覚《さ》ました。

椅子《いす》に座《すわ》ったまま眠《ねむ》っていた。

「どうしたの、由佳《ゆか》。体痛《からだいた》い？」

「ちょっとだけ……。でも、大丈夫《だいじょうぶ》」

6歳《さい》の妹《いもうと》、由佳《ゆか》は、体《からだ》にたくさん管《くだ》をつけられて、ベッドで寝《ね》ている。

「ユカ、生《う》まれてこなければよかったね」

「なに言《い》ってるの。お姉《ねえ》ちゃん、怒《おこ》るよ」

「ユカのせいで、パパもママもつかれてる」

パパとママは、病室《びょうしつ》のゆかで寝《ね》ている。

「そんなことないよ。……パパもママも、キャンプみたいで楽《たの》しいって言《い》ってた」

未奈《みな》の嘘《うそ》は、妹《いもうと》にばれている。

それでも、言《い》わずにいられなかった。

「お姉《ねえ》ちゃんは、たくさん生《い》きてね」

「由佳《ゆか》も生《い》きるの。またいっしょに動物園《どうぶつえん》にいこう」

「ディズニーランド、いってみたい」

「うん、いこう。みんなでディズニーランドにいこう」

「お姉《ねえ》ちゃんと、たくさん遊《あそ》びにいきたい……」

「うん、いこう。たくさん遊《あそ》びにいこう」

「その前《まえ》に、おうちに帰《かえ》りたい……」

「もう寝《ね》なさい。寝《ね》ないとよくならないって、お医者《いしゃ》さんが言《い》ってたよ」

「うん」と言《い》って、由佳《ゆか》は目《め》をつむった。

妹《いもうと》の寝顔《ねがお》を見《み》ていると、涙《なみだ》があふれてくる。

どうして、うちだけ、こんな目《め》にあわないとならないの。

なにも悪《わる》いことしてないのに……。

1年前《ねんまえ》まで、仲《なか》のいい4人家族《にんかぞく》だった。

毎日《まいにち》が楽《たの》しくて、笑《わら》わない日《ひ》はなかった。

妹《いもうと》が重《おも》い心臓《しんぞう》の病気《びょうき》だとわかり、生活《せいかつ》は一変《いっぺん》した。

アメリカで移植手術《いしょくしゅじゅつ》をしないと由佳《ゆか》は生《い》きられない。

でも、手術《しゅじゅつ》には1億円《おくえん》も必要《ひつよう》だ。

そんなお金《かね》は家《いえ》にはない。

みんなで募金活動《ぼきんかつどう》をしてるけど、ぜんぜん、集《あつ》まらない。

昨日《きのう》の夜《よる》、パパとママはケンカをしていた。

「もう、どうにもならないんだよ。1億円《おくえん》なんて集《あつ》まるわけないだろう！」

「あきらめないでよ。由佳《ゆか》の命《いのち》がかかっているのよ」

「それじゃ、強盗《ごうとう》でもするか。そんなことでもしないと、1億円《おくえん》なんて用意《ようい》できないよ」

「……かわってあげたい。私《わたし》の心臓《しんぞう》と取《と》りかえてあげたい」

「ムリなことを言《い》うな！　そんなことができたら、俺《おれ》だって……」

「神様《かみさま》、由佳《ゆか》を助《たす》けて……」

ママはそう言《い》って涙《なみだ》を流《なが》した。パパは頭《あたま》を抱《かか》えている。

こんなにこまっているのに、神様《かみさま》はなにもしてくれない。
きっと、神様《かみさま》なんていないんだ。
お金《かね》がなかったら、大切《たいせつ》なものは守《まも》れないんだ。
お金《かね》がなかったら、幸《しあわ》せになれないんだ。
この世界《せかい》は、お金《かね》がすべてなんだ。
妹《いもうと》が苦《くる》しんでいるのに、小学生《しょうがくせい》のあたしには、なにもできない。
――そうだ、あのうわさ！
未奈《みな》は、ママのバッグからノートパソコンをとると、こっそり廊下《ろうか》に出《で》た。
『賞金《しょうきん》1億円《おくえん》のゲーム大会《たいかい》』のうわさを聞《き》いたことがある。
みんなは、都市伝説《としでんせつ》だと言《い》ってたけど……。
たしか、**『絶体絶命《ぜったいぜつめい》ゲーム』**だった。
インターネットで検索《けんさく》すると、公式《こうしき》ページがある。
「これだ！」
ページを開《ひら》く。

アクセスしたページが見《み》つかりません。

なんだ。やっぱり都市伝説《としでんせつ》なんだ。
1億円《おくえん》をもらえるゲーム大会《たいかい》なんて、あるはずない。
未奈《みな》は、そのままぼっとしていた。
どこからか、風《かぜ》を切《き》るような音《おと》がした。
今《いま》の音《おと》はなに？
パソコンのディスプレイに目《め》をもどす。
刀《かたな》で斬《き》られたような黒《くろ》い線《せん》が、ななめに入《はい》っている。
つづけざまに風《かぜ》を切《き》るような音《おと》がして、ディスプレイに何本《なんぼん》もの黒《くろ》い線《せん》が走《はし》る。
鏡《かがみ》が割《わ》れるように画面《がめん》がくずれおち、真《ま》っ黒《くろ》になる。
なによ。なにがおきてるの？
真《ま》っ黒《くろ》な画面《がめん》に稲光《いなびかり》が走《はし》り、古《ふる》びた三角屋根《さんかくやね》の洋館《ようかん》があらわれる。

絶体絶命《ぜったいぜつめい》ゲームにようこそ。

これだ。本当《ほんとう》に『絶体絶命《ぜったいぜつめい》ゲーム』があった。

不気味《ぶきみ》なサイトだけど、先《さき》に進《すす》んでみよう。
洋館《ようかん》の上《うえ》で［Enter］を押《お》した。

この先《さき》に進《すす》む者《もの》に、命《いのち》の保証《ほしょう》はありません。
それでも、いいですか？　　［YES］　［NO］

こんなの、おどかしよね。そうに決《き》まってるわ。
本当《ほんとう》は怖《こわ》かったけど、勇気《ゆうき》を出《だ》して［YES］を押《お》した。

命《いのち》がけのゲームをやってもらいます。
賞金《しょうきん》は１億円《おくえん》。
身《み》も凍《こお》るような恐怖《きょうふ》がまっています。
強《つよ》い気持《きも》ちがない者《もの》は、引《ひ》きかえすのが身《み》のためです。
命《いのち》と引《ひ》きかえかもしれないんだよ。
それでも、１億円《おくえん》がほしいのかい？　　［YES］　［NO］

ほしいわ。どうしても1億円《おくえん》が必要《ひつよう》なの。
おねがい。あたしをゲームに参加《さんか》させて。
［YES］を押《お》した。

必要事項《ひつようじこう》を記入《きにゅう》し、登録《とうろく》をして。

名前《なまえ》　［　　　　　］
生年月日《せいねんがっぴ》　［平成《へいせい》　年《ねん》　月《がつ》　日《にち》］
郵便番号《ゆうびんばんごう》　［　ー　］
住所《じゅうしょ》　［　　　　　］
メールアドレス　［　　　　　］
お金《かね》が必要《ひつよう》な理由《りゆう》　［　　　　　］

登録《とうろく》を完了《かんりょう》します。
［Enter］を押《お》してください。

未奈《みな》は必要事項《ひつようじこう》を書《か》きこむ。
これで、賞金《しょうきん》1億円《おくえん》のゲームに参加《さんか》できる。
学校《がっこう》の成績《せいせき》はふつうだけど、度胸《どきょう》だけは人《ひと》の10倍《ばい》はある。
「どんなに成績優秀《せいせきゆうしゅう》でも、度胸《どきょう》があり直感《ちょっかん》が優《すぐ》れていないと人生《じんせい》は成功《せいこう》しない」
パパの口《くち》ぐせだ。
度胸《どきょう》と直感《ちょっかん》の鋭《するど》さだけは、だれにも負《ま》けない。
由佳《ゆか》のために、1億円《おくえん》を獲得《かくとく》するんだ。
Enterを押《お》せば、登録《とうろく》されるのよね。
体《からだ》が震《ふる》えている。
こんなの怖《こわ》くない。あたしならできる。
直感《ちょっかん》を信《しん》じるのよ。
Enterを押《お》した。
もう引《ひ》きかえせない。

このあと、どうなるの？
不安《ふあん》と期待《きたい》で胸《むね》が高鳴《たかな》る。

登録《とうろく》ありがとう。

ページがブラックアウトする。
どういうこと、これだけ？
いたずらだ。
お金《かね》にこまっている人《ひと》をからかっている、悪質《あくしつ》ないたずらなんだ。
くやしくて涙《なみだ》があふれてきた。

やっぱり、この世界《せかい》に神様《かみさま》なんていないんだ。

❶ 絶体絶命《ぜったいぜつめい》ゲームの招待状《しょうたいじょう》

8月《がつ》30日《にち》。

小学《しょうがく》5年生《ねんせい》の武藤春馬《むとうはるま》は自転車《じてんしゃ》を走《はし》らせていた。

風《かぜ》はまだ暑《あつ》いけど、気分《きぶん》は最高《さいこう》だ。

夏休《なつやす》みは、親友《しんゆう》の上山秀介《うえやましゅうすけ》とプールやイベントにいく予定《よてい》だった。

1カ月前《げつまえ》、春馬《はるま》と秀介《しゅうすけ》はサッカーの練習試合《れんしゅうじあい》で対戦《たいせん》した。

背《せ》の高《たか》い春馬《はるま》はセンターバックで、小柄《こがら》だけどスポーツ万能《ばんのう》の秀介《しゅうすけ》は、敵《てき》のフォワードだ。

終了《しゅうりょう》まぎわ、コーナーキックのボールがゴール前《まえ》にあがった。

これをふせいだら勝利《しょうり》だ。

春馬《はるま》がジャンプすると、横《よこ》から秀介《しゅうすけ》が飛《と》びこんできた。

ヘディング・シュートを決《き》めるつもりだな。

そうはさせないぞ。

2人《ふたり》は空中《くうちゅう》で激突《げきとつ》した！

「うわぁ！」

ムリな体勢《たいせい》で飛《と》びこんできた秀介《しゅうすけ》は、バランスをくずして地面《じめん》に落《お》ちた。

ぼくの勝《か》ちだ。

春馬《はるま》はヘディングでボールをクリアして、無事《ぶじ》に着地《ちゃくち》、と思《おも》ったら秀介《しゅうすけ》の右足《みぎあし》があった。


バキッ！


「いたあぁぁぁ！」

秀介《しゅうすけ》は右足《みぎあし》を骨折《こっせつ》してしまった。

そして、彼《かれ》の夏休《なつやす》みは、ギプス生活《せいかつ》になった。

ギプスは8月《がつ》29日《にち》にとれると言《い》っていた。

それで、30日《にち》と31日《にち》は遊《あそ》ぼうと約束《やくそく》した。

春馬《はるま》はマンションの呼《よ》び鈴《りん》を鳴《な》らしたが、だれも出《で》てこない。

あれ、留守《るす》かな？

廊下《ろうか》で待《ま》っているとドアが開《あ》き、松葉杖《まつばづえ》の秀介《しゅうすけ》があらわれる。

「春馬《はるま》じゃないか。どうかしたのか？」

「それはないだろう。今日《きょう》と明日《あした》は遊《あそ》ぼうって……。あれ、まだギプスとれてないのか？」

「あと1週間《しゅうかん》はこのままだって」

「もしかして、これから病院《びょういん》なのか？」

秀介《しゅうすけ》はよそいきの服装《ふくそう》をしている。

「あぁ、それは……」

どうしたんだろう。秀介《しゅうすけ》の態度《たいど》がおかしい。

もじもじして、下《した》ばかり見《み》ている。

小学校入学《しょうがっこうにゅうがく》からのつき合《あ》いの春馬《はるま》は、彼《かれ》の性格《せいかく》をよく知《し》っている。

「ぼくにかくしごとがあるだろう」

図星《ずぼし》を指《さ》されて、秀介《しゅうすけ》は頭《あたま》をかいた。

「やっぱり、春馬《はるま》にかくしごとはできないな」

部屋《へや》に入《はい》っても、秀介《しゅうすけ》は梅干《うめぼ》しを食《た》べたような渋《しぶ》い顔《かお》をするだけだ。

黙《だま》っていること約《やく》5分《ふん》。まるで、笑《わら》わせる気《き》のない、にらめっこだ。

「おい！」

しびれを切《き》らした春馬《はるま》が大《おお》きな声《こえ》を出《だ》すと、秀介《しゅうすけ》はようやく重《おも》たい口《くち》を開《ひら》いた。

「春馬《はるま》、絶体絶命《ぜったいぜつめい》ゲームの話《はなし》は知《し》ってるよな」

「知《し》ってるけど、どうせ都市伝説《としでんせつ》だろう」

「招待状《しょうたいじょう》が届《とど》いたんだ」

「その手《て》には乗《の》らないぞ。ぼくをからかうつもりだろう」

秀介《しゅうすけ》は首《くび》を横《よこ》にふると、スマホのような黒《くろ》いタブレットを出《だ》した。

「すごい、タブレットじゃないか!」

「送《おく》られてきたんだ。ゲームの招待状《しょうたいじょう》になっている」

秀介《しゅうすけ》はタブレットを春馬《はるま》にわたす。

こんな高価《こうか》なものを送《おく》ってくるなんて、うわさは本当《ほんとう》かもしれないな。

スイッチを押《お》すと、ディスプレイに動画《どうが》が映《うつ》る。

白《しろ》い壁《かべ》に大理石《だいりせき》の暖炉《だんろ》、ステンドグラスの窓《まど》のある豪華《ごうか》な部屋《へや》。

ロリータファッションの20歳《はたち》くらいの女性《じょせい》が立《た》っている。

「上山秀介《うえやましゅうすけ》くん、はじめましてやね。

ウチは案内人《あんないにん》の死野《しの》マギワちゃんや。

秀介《しゅうすけ》くんを『絶体絶命《ぜったいぜつめい》ゲーム』に招待《しょうたい》するでぇ。

最高賞金《さいこうしょうきん》は、**1億円《おくえん》**や！

でも、ゲームに参加《さんか》するには、４つの条件《じょうけん》をクリアしないとあかんねん。

条件《じょうけん》1、金《かね》がほしくてほしくてたまらないこと。

条件《じょうけん》2、親《おや》に疑《うたが》われずに8月《がつ》30日《にち》の外泊《がいはく》ができること。

条件《じょうけん》3、絶体絶命《ぜったいぜつめい》ゲームに招待《しょうたい》されたことをだれにも言《い》わないこと。

条件《じょうけん》4、命《いのち》の保証《ほしょう》がなくてもかまわないこと。

以上《いじょう》の条件《じょうけん》をクリアできたら、８月《がつ》30日《にち》の11時《じ》に緑丘公園《みどりおかこうえん》にきてほしいねん。

待《ま》ってるでぇ」


動画《どうが》が終《お》わると、春馬《はるま》は首《くび》をひねる。

「死野《しの》マギワって、死《し》のまぎわみたいで、不気味《ぶきみ》な名前《なまえ》だな」

「おれ、参加《さんか》しようと思《おも》うんだ」

「冗談《じょうだん》だろう。やめたほうがいいよ」

「お金《かね》がいるんだ。うちの事情《じじょう》は知《し》ってるだろう」

秀介《しゅうすけ》の家《いえ》はお父《とう》さんが病気《びょうき》で亡《な》くなり、お母《かあ》さんが1人《ひとり》で働《はたら》いて秀介《しゅうすけ》と妹《いもうと》を育《そだ》てている。

「春馬《はるま》には黙《だま》っていたけど、おれがサッカーやってるのも、うちには贅沢《ぜいたく》なんだ」

「そうだったのか……」

「母《かあ》さん、パートの時間《じかん》を増《ふ》やして夜中《よなか》まで働《はたら》いているんだ。最近《さいきん》、おかしな咳《せき》もしているんだけど、医者《いしゃ》に診《み》てもらう時間《じかん》もないんだ」

春馬《はるま》はなんどか秀介《しゅうすけ》のお母《かあ》さんに会《あ》ったことがある。

いつも笑顔《えがお》のやさしそうな人《ひと》だ。

「母《かあ》さん、『苦労《くろう》をかけてごめんね』って言《い》うんだ。苦労《くろう》かけてるの、おれなのに……。だから、賞金《しょうきん》の1億円《おくえん》をもらって、楽《らく》をさせてやりたいんだ」

春馬《はるま》はつらかった。

親友《しんゆう》の家《いえ》の事情《じじょう》がこんなに深刻《しんこく》だと知《し》らなかった。

「今日《きょう》はおまえの家《いえ》に泊《と》まるって言《い》ってあるんだ。連絡《れんらく》がいったら、ごまかしておいてくれ」

リュックを背負《せお》った秀介《しゅうすけ》は、松葉杖《まつばづえ》をついて出《で》かけようとする。

しかし、松葉杖《まつばづえ》がゆかの段差《だんさ》にひっかかって、ころんでしまう。

「その足《あし》じゃムリだよ。ギプスがとれるまでは、安静《あんせい》にしてないと」

秀介《しゅうすけ》はくやしそうに唇《くちびる》をかんだ。

「骨折《こっせつ》したところが悪化《あっか》したら、一生《いっしょう》、松葉杖《まつばづえ》になるかもしれないんだぞ」

「お金《かね》がいるんだ！　今《いま》の生活《せいかつ》じゃ、母《かあ》さんが倒《たお》れちゃう」

　こまったぞ。秀介《しゅうすけ》をいかせるわけにはいかない。でも、どうすればいいんだ。

「ゲーム大会《たいかい》って、なにをやるのかな？」

「うわさだと、体験型脱出《たいけんがただっしゅつ》ゲームみたいなものじゃないかって」

「それなら、ぼくが代《か》わりにいくよ」

春馬《はるま》が言《い》うと、秀介《しゅうすけ》は目《め》をまるくした。

「秀介《しゅうすけ》の骨折《こっせつ》は、ぼくにも責任《せきにん》があるからな」

「あの試合《しあい》のことなら、気《き》にしなくてもいいよ。おたがい、全力《ぜんりょく》でやった結果《けっか》だから」

こういうのが秀介《しゅうすけ》のいいところだ。決《けっ》して、友《とも》だちを責《せ》めようとしない。

「体験型脱出《たいけんがただっしゅつ》ゲームだったら、その足《あし》じゃ勝《か》てないだろう」

「うん……」と秀介《しゅうすけ》はまた考《かんが》える。

「ぼくのほうが、ゲームに勝《か》てる見込《みこ》みはある。ぼくにまかせろよ」

今日《きょう》と明日《あす》は、秀介《しゅうすけ》と遊《あそ》ぶ予定《よてい》だった。

それが、ゲーム大会《たいかい》になったと思《おも》えばいい。

「でも、交代《こうたい》してもいいのかな？」

「ぼくが秀介《しゅうすけ》のふりをすればいいんだろう」

「ばれないかな？」

春馬《はるま》はタブレットを持《も》って、

「これを持《も》って秀介《しゅうすけ》だと言《い》えば、ばれないよ」

「うん、それならたのむよ。でも、危《あぶ》ないことはするなよ」

「まかせておけ。ゲームは得意《とくい》だ」

こうして、春馬《はるま》は絶体絶命《ぜったいぜつめい》ゲームに参加《さんか》することになった。

❷ 1億円《おくえん》がほしい10人《にん》

緑丘公園《みどりおかこうえん》に着《つ》いたのは、ちょうど11時《じ》だった。

「だれもいないぞ。……もしかして、ドッキリなのかな？」

そのとき、春馬《はるま》のタブレットがブルブルブル……と振動《しんどう》した。

ディスプレイに『もう引《ひ》きかえせないぞ』と表示《ひょうじ》されている。

どういうことだ？

「上山秀介《うえやましゅうすけ》だな」

頭上《ずじょう》から野太《のぶと》い声《こえ》が聞《き》こえてきた。

顔《かお》をあげると、2人《ふたり》の大男《おおおとこ》に挟《はさ》まれている。

「上山秀介《うえやましゅうすけ》かと、聞《き》いているんだ」

「は、はい……」

「声《こえ》を出《だ》すんじゃないぞ」

春馬《はるま》は停車《ていしゃ》してあった、黒塗《くろぬ》りの車《くるま》の後部座席《こうぶざせき》に押《お》しこまれた。

となりに野太《のぶと》い声《こえ》の大男《おおおとこ》が座《すわ》る。

彼《かれ》らはなにものだ？　まるでプロレスラーの悪役《あくやく》だな。

「ゲーム会場《かいじょう》は遠《とお》いんですか？」

「声《こえ》を出《だ》すなと言《い》ったろう！」

「は、はい。わかりました」

うわぁ、怖《こわ》い。言《い》うとおりにしたほうがよさそうだ。

大男《おおおとこ》がアイマスクを出《だ》した。

「これをつけろ」

こんな大男《おおおとこ》が相手《あいて》じゃ、抵抗《ていこう》する気《き》もおきない。

なるようにしかならないか。

言《い》われるままアイマスクをつけると、深《ふか》く座《すわ》りなおした。

目《め》の前《まえ》が真《ま》っ暗《くら》になる。

なにも見《み》えないし、話《はなし》もできない。

やることがないから、眠《ねむ》ろう。


「おい、着《つ》いたぞ」

野太《のぶと》い男《おとこ》の声《こえ》で、春馬《はるま》は目《め》を覚《さ》ました。

どれくらい時間《じかん》が経《た》ったのかな？

ふいにアイマスクがはずされた。

「この状況《じょうきょう》で眠《ねむ》るなんて、いい度胸《どきょう》してるじゃねぇか」

「もう話《はな》してもいいんですか？」

「いや、降《お》りていいぞ」

春馬《はるま》は車《くるま》から降《お》ろされた。

あたりは、うっそうと生《お》い茂《しげ》った山林《さんりん》だ。

どこかの山奥《やまおく》のようだ。

その中《なか》に広大《こうだい》な駐車場《ちゅうしゃじょう》があり、黒塗《くろぬ》りのピカピカの車《くるま》が9台《だい》もならんでいる。

春馬《はるま》の乗《の》ってきた車《くるま》は一番《いちばん》はしだ。

「ここは、なんなんだ？」

春馬《はるま》が呆然《ぼうぜん》としていると、奥《おく》の車《くるま》のドアが開《あ》く。

車《くるま》から、背《せ》が高《たか》く、気《き》の強《つよ》そうな男子《だんし》が降《お》りてくる。

色黒《いろぐろ》で頑丈《がんじょう》そうな体《からだ》は、いかにもスポーツマンといった感《かん》じだ。

「よーやく着《つ》いたぜ。ここがオレ様《さま》の戦場《せんじょう》だぜぇ！」

そのとなりの車《くるま》から、黒《くろ》ぶちメガネの神経質《しんけいしつ》そうな女子《じょし》が降《お》りてくる。

「わたしの試験会場《しけんかいじょう》に到着《とうちゃく》ですね」

「試験《しけん》だと!?　ここはそんなヤワな場所《ばしょ》じゃねー」

「弱《よわ》い犬《いぬ》ほど吠《ほ》えるものですよ」

色黒《いろぐろ》の男子《だんし》とメガネの女子《じょし》がバチバチ火花《ひばな》を散《ち》らしている。

そのとなりの車《くるま》から、金髪《きんぱつ》のツインテールの女子《じょし》が、クマのぬいぐるみを抱《だ》いて降《お》りてくる。

「ステファニーちゃん、ここあが1億円《おくえん》をもらってくるからねぇ」

「けっ、おまえにできっかよ！」

色黒《いろぐろ》の男子《だんし》は、ツインテールの女子《じょし》にも文句《もんく》を言《い》う。

「いやだ。この人《ひと》、こわーい」

ツインテールの女子《じょし》が逃《に》げると、色黒《いろぐろ》の男子《だんし》はおもしろくなさそうな顔《かお》をする。

1台《だい》の車《くるま》から、小柄《こがら》な男子《だんし》がおどおどした顔《かお》で降《お》りてくる。

「こここ……ここはどこなの？」

小柄《こがら》な男子《だんし》はあたりをきょろきょろ見《み》ている。

別《べつ》の車《くるま》から、色白《いろじろ》の美少女《びしょうじょ》が降《お》りてくる。

「あらー、いやだわ。日差《ひざ》しがとても強《つよ》い」

彼女《かのじょ》は高級《こうきゅう》ブランドの服《ふく》を着《き》て、髪《かみ》をまき、化粧《けしょう》もしている。まるで芸能人《げいのうじん》だ。

「あなた、ちょっとこの傘《かさ》をさしてくださらない？」

彼女《かのじょ》は、おどおどしている小柄《こがら》な男子《だんし》に日傘《ひがさ》をわたす。

「どど……どうして、ぼくが？」

「わたくしの白《しろ》いはだを守《まも》るためよ」

「でで……でも、どうしてぼくが？」

「わたくしは女優《じょゆう》よ。白《しろ》いはだが命《いのち》なの」

「でで……でも、どうしてぼくが？」

「いいから、はやく傘《かさ》をさして！」

「は、はい」

小柄《こがら》な男子《だんし》があわてて、美少女《びしょうじょ》に日傘《ひがさ》をさしかける。

「バカじゃねーの！」

そのとき、車《くるま》から降《お》りてきた、頑丈《がんじょう》な体格《たいかく》の女子《じょし》が言《い》った。

彼女《かのじょ》は岩《いわ》のような顔《かお》に鋭《するど》い目《め》をしていて、まわりを睨《にら》んでいる。

「最後《さいご》に勝《か》ち残《のこ》るのは、あたしよ」

その陰《かげ》には、いつの間《ま》に車《くるま》を降《お》りたのか、やせていて長《なが》い前髪《まえがみ》に表情《ひょうじょう》をかくした男子《だんし》がいる。

彼《かれ》は、存在《そんざい》を消《け》すかのようにみんなから離《はな》れる。

春馬《はるま》のとなりの車《くるま》から、やさしそうな印象《いんしょう》の男子《だんし》が降《お》りてくる。

「みんな、ゲームの参加者《さんかしゃ》かな？　たくさんいるんだね」

少年《しょうねん》は、みんなに微笑《ほほえ》みかける。

「ぼく、浅野直人《あさのなおと》だよ。よろしく」

「よろしく」

あいさつを返《かえ》したのは春馬《はるま》だけだ。

「のんきなやつらだ。まぁ、オレ様《さま》の敵《てき》じゃねぇな」

色黒《いろぐろ》の少年《しょうねん》が、春馬《はるま》と直人《なおと》を鼻《はな》で笑《わら》う。

「あの建物《たてもの》がゲームの会場《かいじょう》かな」

春馬《はるま》は駐車場《ちゅうしゃじょう》の先《さき》にある建物《たてもの》を見《み》た。

山奥《やまおく》にあるとは思《おも》えない、大《おお》きな洋館《ようかん》が建《た》っている。

三角屋根《さんかくやね》の黒《くろ》いレンガ造《づく》りで、巨大《きょだい》なクワガタがこちらをむいているようだ。

そのとき、10台目《だいめ》の黒塗《くろぬ》りの車《くるま》がやってきて、春馬《はるま》の横《よこ》に停《と》まる。

うしろのドアが開《あ》き、ミディアムヘアの女子《じょし》が降《お》

りてくる。

彼女《かのじょ》は大《おお》きく深呼吸《しんこきゅう》すると、きりっとした顔《かお》で建物《たてもの》を見《み》あげた。

「どんなことをしても……1億円《おくえん》を手《て》に入《い》れる」

彼女《かのじょ》は小《ちい》さな声《こえ》でそう言《い》った。

そのとき、ギッギッギーッ……と鈍《にぶ》い音《おと》があたりに響《ひび》く。

「あっ、扉《とびら》が……」

直人《なおと》が言《い》うと、全員《ぜんいん》が館《やかた》に目《め》をむけた。

3 絶命館《ぜつめいかん》の閉《と》じられた扉《とびら》

春馬《はるま》たちは洋館《ようかん》の前《まえ》にやってきた。

大《おお》きな扉《とびら》がゆっくりと開《あ》く。

みんなが顔《かお》を見《み》あわせていると、扉《とびら》の中《なか》から女《おんな》の人《ひと》が飛《と》びだしてきた。

「**絶命館《ぜつめいかん》**へ、いらっしゃ――――い！」

ハイテンションだ。

「ウチはこのゲームの案内役《あんないやく》、**死野《しの》マギワ**ちゃんやでぇ」

マギワはその場《ば》でくるりとまわり、両手《りょうて》を広《ひろ》げてポーズをとった。

まるで自分《じぶん》のコンサートのように、彼女《かのじょ》はノリノリで話《はなし》をする。

「マギワって変《か》わった名前《なまえ》やろ？　ウチ、1年《ねん》が終《お》わるまぎわに生《う》まれたんや。それで、マギワという名前《なまえ》になったんや」

驚《おどろ》いた小柄《こがら》な男子《だんし》が日傘《ひがさ》を落《お》とす。

「ちょっと、おはだが焼《や》けちゃうじゃない！」

「ごご……ごめんなさい」

「もう、いいですわ。館《やかた》の中《なか》に入《はい》ってもよろしいの？」

美少女《びしょうじょ》がマギワに聞《き》いた。

「どうぞ、絶命館《ぜつめいかん》へ！　いらっしゃーい」

マギワに招《まね》かれ、スタスタと美少女《びしょうじょ》が館《やかた》に入《はい》る。

「おまえ、どうしてあいつの言《い》いなりになってんだ？」

あとにつづく色黒《いろぐろ》の男子《だんし》が、オロオロと傘《かさ》をたたむ男子《だんし》に聞《き》く。

「よよ……よくわからないけど、彼女《かのじょ》の押《お》しが強《つよ》くて」

「女子《じょし》の押《お》しに負《ま》けてんじゃねーよ、なさけねえやつ」

「う、うん……」

春馬《はるま》たちもつづく。

「あんたも入《はい》ってな」

みんなのうしろにいた前髪《まえがみ》の長《なが》い男子《だんし》が、最後《さいご》に館《やかた》に入《はい》る。

ドン

大《おお》きな音《おと》を立《た》てて扉《とびら》が閉《し》まった。

「大会《たいかい》が終《お》わるまで、この扉《とびら》はあかへんでー」

春馬《はるま》たちは館《やかた》のホールに集《あつ》められた。

高《たか》い天井《てんじょう》から豪華《ごうか》なシャンデリアが下《さ》がり、ふかふかのじゅうたんが敷《し》きつめられている。

白《しろ》い壁《かべ》にはしみ一つなく、窓《まど》は色《いろ》とりどりのステンドグラスだ。木彫《きぼ》りの鮭《さけ》もおいてある。

「まずは、自己紹介《じこしょうかい》やな。そんで、お金《かね》がほしい理由《りゆう》も聞《き》かせてな。まずは、あんたやな」

マギワに指《ゆび》さされて、色黒《いろぐろ》の男子《だんし》が胸《むね》をはる。

「オレ様《さま》は**利根猛士**《とねたけし》。世界一《せかいいち》のサッカー選手《せんしゅ》になるのが夢《ゆめ》だ。そのためにスペインにサッカー留《りゅう》学《がく》したいんだ。世界中《せかいじゅう》から選手《せんしゅ》が集《あつ》まってすごく勉強《べんきょう》になるんだ。でも、費用《ひよう》がバカ高《たか》くてな。それで、1億円《おくえん》がほしいってわけ」

「サッカーか、ええな。ウチもサッカーは大好《だいす》きやで。次《つぎ》はあんたや」

金髪《きんぱつ》のツインテール女子《じょし》が、スカートのすそをつまんで自己紹介《じこしょうかい》する。

「**宮野ここあ**《みやの》で〜す。このクマちゃんはステファニーちゃんっていいま〜す。原宿《はらじゅく》で、た〜くさん洋服《ようふく》を買《か》いたいので、お金《かね》がほしいで〜す」

「そんなの、1億円《おくえん》も必要《ひつよう》ありません。1万円《まんえん》もあれば事足《ことた》りるわ」

そう言《い》ったのは、黒《くろ》ぶちメガネをかけた神経質《しんけいしつ》そうな女子《じょし》だ。

「勝手《かって》に話《はな》さんといてな。それとみんなに言《い》うとくけど、嘘《うそ》はあかんで。嘘《うそ》つきは失格《しっかく》や」

マギワの言葉《ことば》で、春馬《はるま》は固《かた》まった。

まずい。ぼくが秀介《しゅうすけ》じゃないとわかったら、失格《しっかく》になる。

ここまできたら、秀介《しゅうすけ》で通《とお》すしかない。

けど、嘘《うそ》をつくのは苦手《にがて》なんだよな。

春馬《はるま》が動揺《どうよう》していると、メガネの女子《じょし》が自己紹介《じこしょうかい》をはじめる。

「**仙川文子**《せんかわふみこ》と申《もう》します。学校《がっこう》ではクラス委員長《いいんちょう》をしています。両親《りょうしん》が50年《ねん》ローンで購入《こうにゅう》した2階《かい》建《だ》ての家《いえ》が欠陥住宅《けっかんじゅうたく》で、かたむいて雨漏《あまも》りもしています。両親《りょうしん》は落胆《らくたん》して、母《はは》は自殺未遂《じさつみすい》をしました。家族《かぞく》が安心《あんしん》して暮《く》らせる家《いえ》を購入《こうにゅう》するために、お金《かね》が必要《ひつよう》です」

次《つぎ》に、体《からだ》の大《おお》きな女子《じょし》が進《すす》みでる。

「あたしは**竹井**《たけい》**カツエ**。空手《からて》の小学生《しょうがくせい》チャンピオンよ。両親《りょうしん》が詐欺《さぎ》にあって、家《いえ》も工場《こうじょう》もとられたんだ。父《とう》ちゃんは自棄《やけ》になって酒《さけ》びたり。家族《かぞく》のために、工場《こうじょう》を買《か》いもどす。それで、お金《かね》が必要《ひつよう》なんだ」

「うわ、世間《せけん》は怖《こわ》いねんな～。それじゃ、次《つぎ》はあんたや」

マギワに指《ゆび》をさされ、直人《なおと》が自己紹介《じこしょうかい》する。

「浅野直人《あさのなおと》です。父《ちち》の会社《かいしゃ》が倒産《とうさん》しそうで、まとまったお金《かね》が必要《ひつよう》なんだ」

「次《つぎ》は、あんたやな」

マギワに指《ゆび》をさされて、春馬《はるま》の鼓動《こどう》がはやくなる。

いよいよ、ぼくだ。秀介《しゅうすけ》になりきって話《はなし》をすればいいんだ。難《むずか》しいことじゃない。

「どうしたんや、はやく自己紹介《じこしょうかい》をしてや」

黙《だま》っている春馬《はるま》に、マギワがいらだつように声《こえ》をかけた。

気持《きも》ちを落《お》ちつかせ、春馬《はるま》は話《はなし》をする。

「上山秀介《うえやましゅうすけ》です。父《とう》さんが病気《びょうき》で亡《な》くなって、母《かあ》さんがぼくと妹《いもうと》を育《そだ》てるために昼《ひる》も夜《よる》も働《はたら》いているんです。母《かあ》さんに楽《らく》をさせてあげたくて、お金《かね》がほしいんです」

マギワがじっとしている。

どうしたんだ？　おかしなことは言《い》わなかったと思《おも》うけど……。

「次《つぎ》は、あんたやね」

マギワは、色白《いろじろ》の美少女《びしょうじょ》を指《ゆび》さした。

春馬《はるま》は胸《むね》をなでおろす。

よかった。ぼくが秀介《しゅうすけ》じゃないとばれなかったようだ。

美少女《びしょうじょ》は、みんなを見《み》てほほえむ。

「**桐島麗華**《きりしまれいか》です。わたくしの自己紹介《じこしょうかい》は不要《ふよう》ですわよね」

「どうしてや、ちゃんと紹介《しょうかい》してや」

「だってみなさん、わたくしのことはご存《ぞん》じでしょう？」

麗華《れいか》が言《い》うが、みんなは顔《かお》を見《み》あわせて首《くび》をかしげた。

だれも彼女《かのじょ》を知《し》らないようだ。

「わたくし、100年《ねん》に一度《いちど》の天才女優《てんさいじょゆう》と言《い》われてるんですよ？」

「知《し》らねーよ。どんな映画《えいが》に出《で》てんだ？」と猛士《たけし》が聞《き》く。

「映画《えいが》『ゾロゾロのゾンビくん』に、エキストラで出《で》てますわ」

「そんな映画《えいが》、聞《き》いたことねぇぞ。それも、エキストラかよ！」

猛士《たけし》にバカにされて、麗華《れいか》はむっとした顔《かお》をする。

「しかたがありませんわ。わたくしはこの美貌《びぼう》ばかりが注目《ちゅうもく》されて、演技《えんぎ》を認《みと》めてもらえないんですわ。そのためにも、ここの賞金《しょうきん》でセルフプロデュースで映画《えいが》を作《つく》りたいと考《かんが》えているのよ」

「へえー。せいぜい、がんばれよ。天才女優《てんさいじょゆう》の麗華《れいか》さま」

そう言《い》って、猛士《たけし》はバカにしたように笑《わら》う。

「それくらいでええやろう。次《つぎ》は、あんたや」

マギワに指《ゆび》さされて、日傘《ひがさ》を持《も》たされていた小柄《こがら》な男子《だんし》が自己紹介《じこしょうかい》する。

「おおお……**小山草太**《おやまそうた》です。パパパ……パパが役所《やくしょ》から1億円《おくえん》を横領《おうりょう》して、ら、来週《らいしゅう》までに返《かえ》さないと逮捕《たいほ》されるんです。それで1億円《おくえん》がほしいんです」

8人《にん》の紹介《しょうかい》が終《お》わる。

次《つぎ》に、前髪《まえがみ》の長《なが》い色白《いろじろ》の少年《しょうねん》が自己紹介《じこしょうかい》をする。

「……**三国亜久斗**《みくにあくと》。本気《ほんき》の勝負《しょうぶ》をしたくて参加《さんか》した。お金《かね》はほしいけど、それよりも勝負《しょうぶ》がしたい」

いったい、どういうことだろう？

亜久斗《あくと》はやけに存在感《そんざいかん》がない少年《しょうねん》だ。なんとなく、幽霊《ゆうれい》みたいだ。

最後《さいご》に、ミディアムヘアの女子《じょし》が進《すす》みでる。

「**滝沢未奈**《たきざわみな》です。妹《いもうと》が病気《びょうき》で、手術《しゅじゅつ》に1億円《おくえん》かかるの。それでお金《かね》が必要《ひつよう》よ」

静《しず》かだが、決意《けつい》のこもった声《こえ》だった。

全員《ぜんいん》の自己紹介《じこしょうかい》が終《お》わる。

「みんな、嘘《うそ》はついてへんな。嘘《うそ》つきは失格《しっかく》やで」

マギワは探《さぐ》るような視線《しせん》で、1人《ひとり》ずつ顔《かお》を見《み》ていく。

春馬《はるま》は心臓《しんぞう》が飛《と》びだしそうなほど緊張《きんちょう》したが、なにくわぬ顔《かお》をした。

「まぁ、ええわ。ウチはみんなを信用《しんよう》してるで。ほな、あれ持《も》ってきてや！」

奥《おく》から、身長《しんちょう》180センチ以上《いじょう》の長身《ちょうしん》の男《おとこ》と体重《たいじゅう》100キロ以上《いじょう》ありそうな太《ふと》った男《おとこ》が、大《おお》きなワゴンを押《お》してくる。上《うえ》にかけられた布《ぬの》が大《おお》きく盛《も》りあがっている。

「ウチの助手《じょしゅ》や。背《せ》の高《たか》いのが怨田君《おんだくん》、太《ふと》ってるのが鬼崎君《おにざきくん》や。みんなのお世話《せわ》をするので仲《なか》ようしてやってな」

紹介《しょうかい》された怨田《おんだ》と鬼崎《おにざき》は、どちらも怖《こわ》そうな顔《かお》をしている。

「じゃじゃじゃじゃーん！　これが、賞金《しょうきん》の1億円《おくえん》や！」

マギワがワゴンにかけられた布《ぬの》をとると、1万円札《まんえんさつ》の札束《さつたば》が山《やま》のように積《つ》まれている。

春馬《はるま》は息《いき》をのんだ。

「偽物《にせもの》やないで、すべて本物《ほんもの》や。ここにきて見《み》てもええよ」

春馬《はるま》たちは戸惑《とまど》いながらも、ワゴンの札束《さつたば》を手《て》にとる。

すべて本物《ほんもの》の1万円札《まんえんさつ》だ。

こんな大金《たいきん》を見《み》たのは、はじめてだ。

「すげーぜ。オレ様《さま》は大金持《おおがねも》ちだ」と猛士《たけし》が興奮《こうふん》している。

「あなたのものじゃないでしょう」

文子《ふみこ》が言《い》うと、猛士《たけし》が「すぐにオレ様《さま》のものになるよ」と言《い》いかえす。

「これだけあれば、原宿《はらじゅく》で遊《あそ》び放題《ほうだい》だわぁ」

ここあは札束《さつたば》にほおずりする。

「ゲームの勝者《しょうしゃ》が1人《ひとり》だけなら、1億円《おくえん》は総《そう》取《ど》りや。ぜーんぶ、自分《じぶん》のものになるんや」

マギワの言葉《ことば》に、みんなが驚《おどろ》く。

「これがあれば、由佳《ゆか》が助《たす》かる……」

未奈《みな》がつぶやいた。

「ほな、ルールを説明《せつめい》するで」

マギワが言《い》うと、みんなが彼女《かのじょ》に注目《ちゅうもく》する。

「ルールは簡単《かんたん》や。ゲームをおこない勝《か》ち残《のこ》っている者《もの》で賞金《しょうきん》をわけるんや。10人《にん》が残《のこ》っていたら1人《ひとり》1000万円《まんえん》。1人《ひとり》だけなら1億円《おくえん》や」

「ゲームって、なにをするのでしょうか？」

文子《ふみこ》が質問《しつもん》する。

「頭脳系《ずのうけい》やったり、運動系《うんどうけい》やったり、色々《いろいろ》や。数人《すうにん》が脱落《だつらく》するゲームもあるし、うまくいけば脱《だつ》落者《らくしゃ》が出《で》ないゲームもある」

「脱落《だつらく》したら、お金《かね》はもらえないんですか？」

今度《こんど》は直人《なおと》が聞《き》いた。

「当然《とうぜん》、ナシや」

「ゲームはいくつあるんですか？」

春馬《はるま》の質問《しつもん》に、マギワはにやりと笑《わら》う。

「今日《きょう》と明日《あす》でいくつかやってもらう。でも、そこまでやらんでも終《お》わらせる方法《ほうほう》があるんや。

残《のこ》っている全員《ぜんいん》で『**絶体絶命《ぜったいぜつめい》ゲーム終了《しゅうりょう》**』と宣言《せんげん》すれば、そこで終《お》わりにできる。お金《かね》をもらって解散《かいさん》や。ただ、1人《ひとり》でも『**続行希望《ぞっこうきぼう》**』をする者《もの》がいたら、ゲームはつづくんや」

「じゃあ今《いま》、この場《ば》で全員《ぜんいん》が『絶体絶命《ぜったいぜつめい》ゲーム終了《しゅうりょう》』を宣言《せんげん》すれば、1000万円《まんえん》をもらえるんですか？」

春馬《はるま》が聞《き》いた。

「それはできまへん。最低《さいてい》、1つはゲームをやってもらうルールや」

マギワの答《こた》えに、春馬《はるま》はため息《いき》をついた。

1000万円《まんえん》をもらって、すぐ帰《かえ》れるかと思《おも》ったけど、そうあまくはないようだ。

「それと、1回《かい》のゲームが終《お》わらないうちは、終了《しゅうりょう》の宣言《せんげん》はできまへん。あと、この館《やかた》から出《で》ること、暴力《ぼうりょく》をふるうことは禁止《きんし》や。ルールを破《やぶ》ったら、レッドカードで一発退場《いっぱつたいじょう》の失格《しっかく》や。最悪《さいあく》、ゲームが中止《ちゅうし》にもなるから、気《き》をつけてな」

ルールはわかったけど、どういうゲームをやらされるんだろう。

「最後《さいご》に、招待状《しょうたいじょう》でも言《い》ったけど、**命の保証はできへん**のでぇ」

そう言《い》ってマギワは意味深《いみしん》に笑《わら》った。

マギワの話《はなし》のあと、春馬《はるま》たちは2階《かい》の客室《きゃくしつ》に案内《あんない》された。

長《なが》い廊下《ろうか》に面《めん》して10の部屋《へや》がならんでいて、春馬《はるま》の部屋《へや》は右《みぎ》から3番目《ばんめ》の『203』だった。

10畳《じょう》ほどの個室《こしつ》には中央《ちゅうおう》に大《おお》きなベッド、座《すわ》り心地《ごこち》のよさそうなソファー、細長《ほそなが》い引《ひ》き出《だ》しのついた机《つくえ》、椅子《いす》がある。

壁《かべ》には大型《おおがた》のテレビが取《と》りつけられていて、昔《むかし》ながらの振《ふ》り子時計《こどけい》もある。

春馬《はるま》は机《つくえ》の引《ひ》き出《だ》しを開《あ》けようとしたが、カギがかかっていた。

窓《まど》には鉄格子《てつごうし》がはまっていて、外《そと》に出《で》られないようになっている。

「これじゃ、ここから抜《ぬ》けだすのはムリだな」

軽《かる》い気持《きも》ちで引《ひ》き受《う》けたが、思《おも》っていた以上《いじょう》に厄介《やっかい》のようだ。

参加者《さんかしゃ》は個性《こせい》が強《つよ》いし、マギワは変《か》わっているし、怨田《おんだ》と鬼崎《おにざき》は怖《こわ》い。

それに、1億円《おくえん》を見《み》せられたのにも驚《おどろ》いた。

春馬《はるま》はリュックを開《あ》けて、荷物《にもつ》を確認《かくにん》する。

これは秀介《しゅうすけ》が用意《ようい》したものなので、なにが入《はい》っているのかよく知《し》らない。洗面道具《せんめんどうぐ》に着替《きが》えとお菓子《かし》まで入《はい》っている。

しかし、かんじんなものがない。

「携帯電話《けいたいでんわ》がないぞ」

いくら探《さが》しても携帯電話《けいたいでんわ》はない。車《くるま》でとられたんだ。それしか考《かんが》えられない。

「いやぁん！　ここあのスマホがなぁい！」

そのとき、ここあの大《おお》きな声《こえ》が廊下《ろうか》から聞《き》こえてきた。

部屋《へや》を出《で》ると、ぬいぐるみを抱《だ》いたここあが、泣《な》きそうな顔《かお》で立《た》っている。

「ねぇ、いっしょに、ここあのスマホを探《さが》して！」

「そう言《い》われても……。ぼくも携帯電話《けいたいでんわ》がなくなったんだ」

「ステファニーちゃんの写真《しゃしん》がたくさん入《はい》っているのよぅ、なくなったら泣《な》いちゃう～」

彼女《かのじょ》は春馬《はるま》の話《はなし》をぜんぜん、聞《き》いていない。

「スマホ、どこにいったのよぉ」

ここあはしゃがみこんでゆかを探《さが》す。

そんなところを探《さが》しても、見《み》つからないだろう。

春馬《はるま》が首《くび》をひねっていると、201号室《ごうしつ》から文子《ふみこ》が出《で》てくる。

「紛失物《ふんしつぶつ》ですか？」

「ぼくの携帯《けいたい》と、ここあさんのスマホがないんだ」

「それでしたら、わたしの携帯《けいたい》もありません。優秀《ゆうしゅう》なわたしがおき忘《わす》れたとは考《かんが》えにくいので、車内《しゃない》で奪取《だっしゅ》されたと考《かんが》えるのが妥当《だとう》だと推測《すいそく》できます」

文子《ふみこ》の言《い》い方《かた》はまどろっこしいが、要《よう》するに盗《ぬす》まれたということか。

ほかの参加者《さんかしゃ》にも聞《き》くと、全員《ぜんいん》の携帯《けいたい》やスマホがなくなっていた。

「みんな、どないした?」

マギワがやってきた。

「携帯電話《けいたいでんわ》やスマホがなくなっているんです」

「それなら心配《しんぱい》いらん。ウチが預《あず》からせてもらってるんや」

「どうしてですか?」と春馬《はるま》が聞《き》いた。

「これは秘密《ひみつ》の集《あつ》まりや。通報《つうほう》されたらおしまいや。それで、用心《ようじん》のためやね」

「ここあ、スマホがなかったら、生《い》きていけなーい」

「終《お》わったらかえすよって、それまでしんぼうしてや」

ここあはまだ不満《ふまん》そうな顔《かお》をしていたが、それ以上《いじょう》のわがままは言《い》わなかった。

「そろそろ昼食《ちゅうしょく》の時間《じかん》や。1階《かい》の食堂《しょくどう》、デ-ニング〜ルームに集《あつ》まってや」

マギワは笑顔《えがお》で参加者《さんかしゃ》につげた。

4 恐怖《きょうふ》のゲームはとつぜんに

「これ、まちがえてるな」

食堂《しょくどう》の前《まえ》で春馬《はるま》が言《い》った。

ドアに『**ダイイングルーム**』と書《か》かれたプレートがついている。

「マギワさんはデーニングルームと言《い》ってたね」

声《こえ》をかけられてふりむくと、丸顔《まるがお》でふわりとしたウェーブの髪形《かみがた》の直人《なおと》がいる。

「正確《せいかく》にはダイニングルームだよね」と直人《なおと》。

「ここにダイイングルームって書《か》かれてるんだ。これじゃ、まるでダイイングメッセージだ」

「それ、どういう意味《いみ》？」

「ミステリー小説《しょうせつ》で、被害者《ひがいしゃ》が死《し》ぬ前《まえ》に犯人《はんにん》を知《し》らせようとして残《のこ》すメッセージだよ」

「秀介《しゅうすけ》は、ミステリー小説《しょうせつ》を読《よ》むの？」

「えっ？」

「だから、秀介《しゅうすけ》はミステリー小説《しょうせつ》を読《よ》むの？」

おっと、ぼくが秀介《しゅうすけ》だった。

「う、うん。シャーロック・ホームズとか明智小五郎《あけちこごろう》は大好《だいす》きなんだ」

「すごいな。ぼくは漫画専門《まんがせんもん》だよ」

「ダイイングルームって、ちょっと不気味《ぶきみ》な感《かん》じがするんだよなぁ」

春馬《はるま》が腕《うで》を組《く》んで考《かんが》えこんでいると、猛士《たけし》や麗華《れいか》たちがやってくる。

「ただの書《か》きまちがいだろーが。それより腹《はら》へったぜ」

猛士《たけし》はズカズカと食堂《しょくどう》に入《はい》っていく。

「……こんな立派《りっぱ》な館《やかた》なのに、書《か》きまちがいなんてするかな？」

納得《なっとく》はいかなかったが、春馬《はるま》もみんなと食堂《しょくどう》に入《はい》った。

この部屋《へや》もふかふかのじゅうたんが敷《し》いてあり、中央《ちゅうおう》に大《おお》きな丸《まる》テーブルがある。

「ここの雰囲気《ふんいき》、天才女優《てんさいじょゆう》のわたくしのイメージにぴったりですわ」

麗華《れいか》が楽《たの》しそうに席《せき》に着《つ》く。

「だれが女優《じょゆう》だって？　痛《いた》い女《おんな》」

カツエがわざと聞《き》こえるように言《い》った。
「しょうがないわね。わたくしのような美貌《びぼう》があると、嫉妬《しっと》されるのよね」
麗華《れいか》が言《い》いかえすと、カツエがギリギリと歯《は》ぎしりしている。
女優《じょゆう》（自称《じしょう》）の麗華《れいか》と、女子空手《じょしからて》チャンピオンのカツエは、犬猿《けんえん》の仲《なか》のようだ。
みんなが席《せき》に着《つ》くと、怨田《おんだ》と鬼崎《おにざき》がメニューを持《も》ってくる。
メニューには、11種類《しゅるい》の料理《りょうり》が写真《しゃしん》つきでのっている。

①博多名物《はかためいぶつ》の豚骨《とんこつ》ラーメン
②ご飯《はん》がパラパラの高級《こうきゅう》チャーハン
③牛肉《ぎゅうにく》がごろごろ入《はい》ったカレーライス
④こだわりの豚肉《ぶたにく》を使《つか》ったかつ丼《どん》
⑤最高級《さいこうきゅう》の鶏肉《とりにく》を使用《しよう》した唐揚《からあ》げ定食《ていしょく》
⑥イタリア風《ふう》の本格《ほんかく》ピザ
⑦肉汁《にくじゅう》たっぷりの最高級《さいこうきゅう》のハンバーグ
⑧昔《むかし》ながらのオムライス
⑨旬《しゅん》の野菜《やさい》と海老《えび》の天丼《てんどん》
⑩名門店《めいもんてん》のそば
⑪ヘルシーで女性《じょせい》に人気《にんき》のサンドクイッチ

☆料理《りょうり》はそれぞれ1人分《ひとりぶん》しか用意《ようい》していません
☆2人《ふたり》が同《おな》じものを注文《ちゅうもん》することはできません

「1人分《ひとりぶん》しかないならはやい者勝《ものが》ちだぜ。オレ様《さま》はげんを担《かつ》いで④のかつ丼《どん》だ！」と猛士《たけし》。

「あたしは⑦の最高級《さいこうきゅう》ハンバーグ。大盛《おおも》りにしてね」

そう言《い》って、カツエが力《ちから》こぶを見《み》せつけた。

「ステファニーちゃんは、なにが食《た》べたいのぉ？」

ここあはぬいぐるみに聞《き》いてから、「そう、パンケーキがいいのぉ」と言《い》う。

「メニューをよう見《み》てや。パンケーキはないやろう」

マギワに注意《ちゅうい》され、ここあは口《くち》をとがらせる。

「それじゃ、⑪のサンドイッチにするわ」

「おおきに、⑪のサンドクイッチやな」

ここあとマギワのやりとりを聞《き》いて、春馬《はるま》はなにか違和感《いわかん》を覚《おぼ》えた。

なんだろう、このもやっとした気持《きも》ちは……。

「秀介《しゅうすけ》、はやく決《き》めないと、好《す》きなものをとられちゃうよ」

直人《なおと》が話《はな》しかけてきた。

「そうだね。それじゃ、ぼくは唐揚《からあ》げ定食《ていしょく》にするよ」

10人《にん》は好《す》きな料理《りょうり》をたのんだ。

すぐに、怨田《おんだ》と鬼崎《おにざき》が10人《にん》の料理《りょうり》を運《はこ》んできた。

春馬《はるま》は唐揚《からあ》げをひと口食《くちた》べて、ほおが落《お》ちそうになった。

「直人《なおと》、この唐揚《からあ》げ、最高《さいこう》においしいよ」

「ぼくのカレーライスも、すごくおいしい」と直人《なおと》が言《い》う。

春馬《はるま》はみんなの食事《しょくじ》する姿《すがた》を見《み》た。

どの料理《りょうり》もおいしいようだな。みんなは夢中《むちゅう》で食《た》べている。

そのときだ。

「ううううう……」

とつぜん、ここあが、うめき声《ごえ》をあげて立《た》ちあがった。

クマのぬいぐるみが、ゆかに落《お》ちる。

「くくく……くる……くる……くるしい……」

ここあはそのまま、ゆかに倒《たお》れこんだ。口《くち》から泡《あわ》を吹《ふ》いている。

「どうしたの？」

春馬《はるま》が駆《か》け寄《よ》るが、様子《ようす》がおかしい。

白目《しろめ》をむいて、手足《てあし》を激《はげ》しく痙攣《けいれん》させている。

まるでゆかで踊《おど》っているようだ。

「救急車《きゅうきゅうしゃ》だ！　マギワさん、救急車《きゅうきゅうしゃ》を呼《よ》んでください!!」

しかし、マギワは平然《へいぜん》としている。

「マギワさん、どうしたんですか!?」

「すぐに動《うご》かなくなるで、必要《ひつよう》ないな」

「えっ？」

ここあは、だらりと舌《した》を出《だ》して動《うご》かなくなった。

「**第《だい》1ゲーム終了《しゅうりょう》～～～！**」

マギワが大《おお》きな声《こえ》で言《い》った。

「鬼崎《おにざき》、**処理**してや」

鬼崎《おにざき》がやってきて、動《うご》かなくなったここあを、かるがると片手《かたて》で持《も》ちあげて食堂《しょくどう》を出《で》ていく。

怨田《おんだ》はなにごともなかったかのように、テーブルをかたづけている。

「マギワさん、今《いま》のは……。ここあさんはどうなったんですか？」

「見《み》ての通《とお》りや。宮野《みやの》ここあは、ここでゲーム脱落《だつらく》や」

「どういうことですか？」

「どうもこうもないわ。最初《さいしょ》の脱落者《だつらくしゃ》や」

「彼女《かのじょ》、死《し》んだんですか!?」

春馬《はるま》がマギワにつめよろうとすると、**バチン**と音《おと》がして春馬《はるま》の足《あし》もとで火花《ひばな》が散《ち》った。

「うわぁ！」

春馬《はるま》はその場《ば》に座《すわ》りこんだ。

マギワが、かくし持《も》っていたムチをふるったのだ。

「ウチの半径《はんけい》1メートル以内《いない》に近《ちか》づいたら、失格《しっかく》にするでぇ」

度肝《どぎも》をぬかれた春馬《はるま》は、その場《ば》を動《うご》けない。

「忘《わす》れものがあるな。これは目《め》ざわりや」

マギワがムチをふるると、ゆかに落《お》ちていたぬいぐるみが宙《ちゅう》にういた。

目《め》にも留《と》まらない速《はや》さでムチが放《はな》たれ、ぬいぐるみは粉々《こなごな》に切《き》り裂《さ》かれた。

「また、しょーもないもんを斬《き》ってしもーた。……ってね」

春馬《はるま》は後悔《こうかい》した。

これは、とんでもないところにきてしまった。

「驚《おどろ》かせてしまったようやね。じつは、昼食《ちゅうしょく》は、ぬき打《う》ちのゲームやったんや」

みんなはまだ呆然《ぼうぜん》としている。

「第《だい》1ゲームは、洞察力《どうさつりょく》を試《ため》すテストや。いかに安全《あんぜん》な料理《りょうり》を選《えら》べるか。これは人生《じんせい》でとても大《たい》切《せつ》なことや。宮野《みやの》ここあは、それに失敗《しっぱい》したわけやね」

「毒《どく》が入《はい》っていたんですか？」

春馬《はるま》がみんなを代表《だいひょう》して質問《しつもん》した。

「みんな、驚《おどろ》きすぎやろ。ルール説明《せつめい》で**『命《いのち》の保証《ほしょう》がなくてもかまわないこと』**ってちゃ〜んと言《い》っておいたやろ」

春馬《はるま》は体《からだ》が震《ふる》えていた。

あれは、おどしじゃなかったんだ。

「この大会《たいかい》は危険《きけん》すぎる……。負《ま》けたら、殺《ころ》されるんだ！」

大《おお》きな声《こえ》を出《だ》した春馬《はるま》だが、ほかの参加者《さんかしゃ》の反応《はんのう》はうすい。

「そんなこと、みーんな気《き》づいてるぜ」

猛士《たけし》がぶっきらぼうに言《い》った。

「そうか、そうだよね」

春馬《はるま》は気持《きも》ちを落《お》ちつかせる。

「この大会《たいかい》の賞金《しょうきん》は、1億円《おくえん》や。大人《おとな》でもなかなか手《て》に入《はい》らない大金《たいきん》や。まして、子《こ》どもがもらえるなんて、ふつうでは考《かんが》えられまへん。ちっとくらい危険《きけん》なのは、あたりまえやろう」

マギワの説明《せつめい》は納得《なっとく》のいくものだが、春馬《はるま》はまだ現実《げんじつ》を受《う》け入《い》れられない。

「わたくしにはムリですわ。これで、帰《かえ》らせてもらいます」

麗華《れいか》は部屋《へや》を出《で》ていくが、マギワは気《き》にも留《と》めない。

「宮野《みやの》ここあが脱落《だつらく》して、これで**みんなの1人《ひとり》あたりの賞金《しょうきん》は……約《やく》1111万円《まんえん》**になったわけやね」

マギワが説明《せつめい》しているところに、麗華《れいか》がもどってくる。

「ちょっと、どういうことですの！　扉《とびら》が開《あ》かないわ！」

「大会《たいかい》が終了《しゅうりょう》するまで、外《そと》に出《で》られんと言《い》ったはずや」

マギワの冷《つめ》たい言葉《ことば》に、麗華《れいか》は泣《な》きそうな顔《かお》になる。

「それなら、わたくしはどうすればよろしいの？」

麗華《れいか》がおびえた声《こえ》で聞《き》いた。

春馬《はるま》も同《おな》じ気持《きも》ちだ。このままゲームをつづけなければならないのか……。

いや、待《ま》てよ。そうだ、いいことがある。

「ここで『絶体絶命《ぜったいぜつめい》ゲーム終了《しゅうりょう》』を宣言《せんげん》すればいいんだ！」

「あなた、秀介《しゅうすけ》でしたわね。よく気《き》がつきましたわ」

麗華《れいか》は、ほっとしたように言《い》った。

「みんな、『絶体絶命《ぜったいぜつめい》ゲーム終了《しゅうりょう》』を宣言《せんげん》しよう」

メンバーを見《み》まわした春馬《はるま》が意気《いき》ごんで言《い》うが、猛士《たけし》は鼻《はな》で笑《わら》っている。

「今《いま》、終《お》わっても1000万《まん》とちょっとだ。オレ様《さま》にはまだまだ足《た》りねぇー！」

「もしかして、まだつづけるつもりなの!?」

春馬《はるま》が驚《おどろ》く。

「マギワさん、続行《ぞっこう》で！」

「ちょっと待《ま》って、もう少《すこ》し考《かんが》えてよ！」

「おめぇ、ピーピーうるせぇんだよ！」

「続行《ぞっこう》でいいんやな？」

マギワに聞《き》かれて、「続行《ぞっこう》だ！」と猛士《たけし》が答《こた》える。

「1人《ひとり》でも続行希望《ぞっこうきぼう》がいたら、ゲームの終了《しゅうりょう》はできまへん。残念《ざんねん》やったな」

マギワに言《い》われて、春馬《はるま》はむっとなる。

「次《つぎ》のゲームは、地下室《ちかしつ》でおこなうで。午後《ごご》3時《じ》に集合《しゅうごう》や。それまでは自由《じゆう》にしててな～」

マギワが出《で》ていくと、気《き》まずい空気《くうき》になった。

「ここあさんのことは忘《わす》れよう。ぼくたちには、なにもできないよ……」

みんなの気持《きも》ちを察《さっ》したように、直人《なおと》が言《い》った。

春馬《はるま》は黙《だま》って食堂《しょくどう》を出《で》た。


春馬《はるま》は1人《ひとり》で、館《やかた》を探索《たんさく》することにした。

館《やかた》の時計《とけい》は、2時《じ》を示《しめ》している。次《つぎ》のゲームまで1時間《じかん》ある。

入《い》り口《ぐち》の大《おお》きな扉《とびら》の前《まえ》にきたが、ここはカギがかかっていて開《あ》かない。

だだっ広《ぴろ》いホールには古《ふる》くて大《おお》きな柱時計《はしらどけい》があり、アンティークのソファーセットがおかれている。

左手《ひだりて》には、２階《かい》と地下《ちか》へいく階段《かいだん》がある。階段《かいだん》の横《よこ》に小《ちい》さなドアがある。

「ここは物置《ものおき》だろうな」

ホールの右手《みぎて》には、食堂《しょくどう》といくつかの部屋《へや》がならんでいる。

ドアが閉《し》まっているので、どういう部屋《へや》かはわからない。

中央《ちゅうおう》の奥《おく》に、大《おお》きな扉《とびら》がある。

「ここはなにかな？」

奥《おく》の扉《とびら》を開《あ》けようとするが、ここにもカギがかかっている。

窓《まど》から外《そと》を見《み》ると、扉《とびら》の先《さき》にはわたり廊下《ろうか》があり、高《たか》い塔《とう》につながっている。

「あの塔《とう》はなにかな？」

春馬《はるま》はホール右手《みぎて》の奥《おく》にいく。

『真実《しんじつ》の部屋《へや》』『時計《とけい》の部屋《へや》』とドアにプレートがついている。さらに廊下《ろうか》を進《すす》むと、つきあたりに**『弱肉強食《じゃくにくきょうしょく》の部屋《へや》』**とプレートのついた部屋《へや》がある。

どの部屋《へや》もカギがかかっていて、中《なか》には入《はい》れない。

だれが、山《やま》の中《なか》にこんな洋館《ようかん》を建《た》てたんだろう？

10の客室《きゃくしつ》、いくつかの謎《なぞ》の部屋《へや》、食堂《しょくどう》、わたり廊下《ろうか》の先《さき》にある塔《とう》……。

お金持《かねも》ちの別荘《べっそう》、ホテル、映画《えいが》のセット……。
または……この『絶体絶命《ぜったいぜつめい》ゲーム』のために建《た》てられたのか？
それなら、だれが、なんのためにこんなゲームを？
いくら考《かんが》えても答《こた》えは出《で》ない。情報《じょうほう》が少《すく》なすぎる。
春馬《はるま》は廊下《ろうか》の窓《まど》も調《しら》べた。
鉄格子《てつごうし》がはまっていて、カギもかかっている。
「これじゃ、抜《ぬ》けだすのはムリだな」

春馬《はるま》は202号室《ごうしつ》の前《まえ》にやってきた。ここあの部屋《へや》だ。
ドアをノックするが、反応《はんのう》はない。
「開《あ》けるけど、いいよね」
一応《いちおう》、確認《かくにん》してからドアを開《あ》けた。
だれもいないし、彼女《かのじょ》の荷物《にもつ》もない。
ソファーや机《つくえ》を調《しら》べるが、ごみ1つ落《お》ちてない。
春馬《はるま》はベッドも調《しら》べる。まくらを持《も》ちあげると、

「――なにやってるの？」

うしろから声《こえ》をかけられて、心臓《しんぞう》が飛《と》びだしそうになった。

ふりかえると、未奈《みな》が立《た》っている。

無表情《むひょうじょう》だけど、どうやら怒《おこ》っているようだ。

「ここで、なにしてるの？」

「なにって、ここあさんの部屋《へや》を見《み》ているんだ」

「この部屋《へや》にくる前《まえ》、建物《たてもの》の中《なか》を歩《ある》きまわってたわね」

「3時《じ》までは自由《じゆう》だって、マギワさんが言《い》ってただろう」

「あなた、なにもの？」

ドキッとする。

まさか、彼女《かのじょ》はぼくが秀介《しゅうすけ》じゃないと知《し》っているのか？

「ただのゲーム参加者《さんかしゃ》だよ」

「本当《ほんとう》？」

「本当《ほんとう》だよ。招待状《しょうたいじょう》を受《う》けとって、ここに来《き》たんだ」

「ふ〜ん……」

なにが、ふ～んだよ。もういってくれよ。

「あなた、ゲームを終《お》わらせたいの？」

うわぁ、意外《いがい》と勘《かん》が鋭《するど》いな。

「やめてよね」

「やめてって、なにを？」

「あたしには、どうしても1億円《おくえん》が必要《ひつよう》なの。中途《ちゅうと》半端《はんぱ》なところでゲーム終了《しゅうりょう》になるようなことをしたら、ゆるさない」

こまったな。

彼女《かのじょ》がいる限《かぎ》り、絶体絶命《ぜったいぜつめい》ゲームを終《お》わらせることはできないようだ。

「聞《き》いてる？」

あれ？

よく見《み》るとカワイイぞ。笑顔《えがお》でいれば、男子《だんし》から人気《にんき》が出《で》そうなのに……。

「なによ。どうして、あたしの顔《かお》をじろじろ見《み》てるのよ」

「見《み》てないよ。それよりも、ぼくがなにをやっても勝手《かって》だろう」

「勝手《かって》じゃないわ。みんな、お金《かね》が必要《ひつよう》でここにきているの。おかしな真似《まね》はしないで」

「おかしな真似《まね》って、なんだよ」

「あなたって、本当《ほんとう》にお金《かね》が必要《ひつよう》なの？　なんか、そう見《み》えないんだけど」

うわぁ、痛《いた》いところをつかれた。

ここはごまかさないと。

「そんなことないよ。でも、わかった。おかしなことはしないよ。約束《やくそく》する」

あわてた春馬《はるま》を、未奈《みな》は疑《うたが》いの目《め》で見《み》る。

「まぁ、いいわ。約束《やくそく》だからね」

未奈《みな》は、捨《す》て台詞《ぜりふ》で部屋《へや》を出《で》ていった。

なんだよ、あいつ。

彼女《かのじょ》は勘《かん》が鋭《するど》いし、押《お》しも強《つよ》いな。

かかわらないほうがよさそうだ。

5 命《いのち》がけで走《はし》れ！

第《だい》2ゲームの場所《ばしょ》として指示《しじ》された地下室《ちかしつ》は、大《おお》きなホールだった。

まるで、小学校《しょうがっこう》の体育館《たいいくかん》のようだ。

春馬《はるま》がやってくると、ほかの参加者《さんかしゃ》はすでに集《あつ》まっていた。

「秀介《しゅうすけ》、遅《おそ》かったね」

声《こえ》をかけてきたのは直人《なおと》だ。

そうだ、ぼくは秀介《しゅうすけ》だったな。

「まだ時間《じかん》になってないだろ」

「そうだけど、あの2人《ふたり》なんて、10分《ぷん》も前《まえ》にきて準備体操《じゅんびたいそう》してるよ」

直人《なおと》の視線《しせん》の先《さき》で、猛士《たけし》とカツエがストレッチをしている。

「1億円《おくえん》がかかっているからね。みんな、真剣《しんけん》だよ」

準備運動《じゅんびうんどう》をしているのは、猛士《たけし》とカツエだけじゃない。

未奈《みな》や文子《ふみこ》や草太《そうた》と麗華《れいか》まで、軽《かる》い柔軟体操《じゅうなんたいそう》をしている。

「それに、負《ま》けたら殺《ころ》される……」

春馬《はるま》がつぶやいた。ここあの死《し》に顔《がお》が、頭《あたま》をよぎった。

ゲームに勝《か》って、生《い》き残《のこ》らないと……。

「あれ？」

春馬《はるま》は、みんなから離《はな》れて壁《かべ》にもたれている亜久斗《あくと》に目《め》がいった。

「直人《なおと》、彼《かれ》をどう思《おも》う？」

「うん、ちょっと不気味《ぶきみ》だね」

そのとき、マギワが怨田《おんだ》と鬼崎《おにざき》をしたがえてやってくる。

「みんな、時間《じかん》に正確《せいかく》やなぁ。ウチは遅刻《ちこく》ギリギリの登校《とうこう》で、マギワの登校《とうこう》って言《い》われたんや。

…………あれ、笑《わら》うところやでぇ」

みんな、にこりともしないで、マギワのまわりにやってくる。

「まぁ、ええか。第《だい》2ゲームやけど、まずは準備運動《じゅんびうんどう》や。ここを3周走《しゅうはし》ってもらうでぇ」

春馬《はるま》はホールを見《み》た。

1周《しゅう》は200メートルくらいだろうか。ここを3周《しゅう》なら、600メートルの競走《きょうそう》だな。

「まずは、配置《はいち》についてなぁ」

えっ、説明《せつめい》はそれだけなの？

「よっしゃ、ここはオレ様《さま》がぶっちぎるぅぅぅ！」

猛士《たけし》はやる気満々《きまんまん》だ。

その横《よこ》で、カツエが両手《りょうて》を組《く》んで、指《ゆび》をボキボキならしている。

「おう、カツエもやる気《き》だなぁ。オレ様《さま》と勝負《しょうぶ》だぜぇ！」

猛士《たけし》とカツエは、勝負《しょうぶ》に盛《も》りあがっている。

「ルール説明《せつめい》はそれだけでしょうか？」

不安《ふあん》そうな顔《かお》で聞《き》いたのは文子《ふみこ》だ。

「ざんねーん、ここでの質問《しつもん》は受《う》けつけてないんや」

「そう言《い》われても、不明《ふめい》な点《てん》が多《おお》すぎです」

「競走《きょうそう》すればいいだけや」

「でも、ここで何人《なんにん》が脱落《だつらく》になるのか？　どうすれば勝利《しょうり》となるのかなど……」

「ごちゃごちゃ言《い》うと、ここで脱落《だつらく》にするで仙川文子《せんかわふみこ》！」

文子《ふみこ》は口《くち》を閉《と》ざした。

「さぁみんな、そこのラインにならんでな」

マギワに言《い》われて、9人《にん》はスタートラインにならぶ。

「準備《じゅんび》はええか？　——よーい、スタートやぁぁぁ！」

マギワのかけ声《ごえ》で、9人《にん》は駆《か》けだした。

猛士《たけし》が抜《ぬ》けだし、カツエがつづく。

そのうしろを亜久斗《あくと》が走《はし》る。春馬《はるま》は4番手《ばんて》だ。

負《ま》けたら殺《ころ》される。

しかし、ルール説明《せつめい》は「3周走《しゅうはし》る」というだけ。

なにか仕掛《しか》けがあるのかもしれない。それなら、真《ま》ん中《なか》くらいが安全《あんぜん》だ。

春馬《はるま》のうしろを直人《なおと》、未奈《みな》、麗華《れいか》、草太《そうた》がつづいている。大《おお》きく遅《おく》れて文子《ふみこ》が走《はし》っている。

彼女《かのじょ》は運動音痴《うんどうおんち》のようだな。走《はし》り方《かた》がぎこちない。

このままの順位《じゅんい》で、9人《にん》はゴールした。

「ぎゃははは、とろくせえー！　文子《ふみこ》、おまえはここで脱落《だつらく》だぁ——！」

猛士《たけし》がからかうように言《い》った。

「マギワさんは……3周走《しゅうはし》ってと……言《い》っただけです……」と文子《ふみこ》が荒《あら》い息《いき》をつきながら言《い》いかえす。

「なんど走《はし》っても、おまえは最下位《さいかい》だぜ！」

猛士《たけし》が言《い》って、文子《ふみこ》がくやしそうな顔《かお》をする。

「今《いま》のは、ほんのウォーミングアップや。第《だい》2ゲームはこれからや」

マギワが言《い》う。

「第《だい》2ゲームは――二人三脚《ににんさんきゃく》や」

マギワの言葉《ことば》に、9人《にん》はざわめく。

「はぁ!?　二人三脚《ににんさんきゃく》って、2人《ふたり》の足《あし》をしばって走《はし》る、あれかぁ!?」

「そうや、ほかにないやろう」とマギワ。

春馬《はるま》は、ほかのメンバーをちらりと見《み》た。

みんな、パートナーがだれになるのか気《き》になるようで、きょろきょろしている。

「マギワさん、第《だい》2ゲームも、負《ま》けたら殺《ころ》されるんですか？」

春馬《はるま》が聞《き》くと、ほかの者《もの》も緊張《きんちょう》した顔《かお》になる。

「殺《ころ》されるやて？　物騒《ぶっそう》なことは言《い》わんといてなぁ。……脱落《だつらく》、や」

きっぱり否定《ひてい》してほしかった。でも、マギワは否定《ひてい》しなかった。

「ぼぼぼ……ぼくはだれと……、だれとペアを組《く》めば……」

草太《そうた》が聞《き》くと、ほかの参加者《さんかしゃ》もマギワを見《み》る。

「ウチもそれに悩《なや》んだんや。それで、みんなに走《はし》ってもらったわけや」

ここの競走《きょうそう》には、マギワの意図《いと》があったようだ。

「足《あし》の速《はや》さは、それぞれちがいがあるやろ。それで公平《こうへい》にするために、速《はや》い人《ひと》と遅《おそ》い人《ひと》を組《く》ませることにしたんや。２人《ふたり》のスピードを足《た》して２で割《わ》ったら、みんな、同《おな》じくらいになるやろう」

春馬《はるま》は首《くび》をひねる。

時速《じそく》90キロに時速《じそく》10キロを加《くわ》えて２で割《わ》ると、時速《じそく》50キロになる。

時速《じそく》55キロに時速《じそく》45キロを加《くわ》えて２で割《わ》ると、時速《じそく》50キロになる。

しかし、これは数字《すうじ》の上《うえ》だけだ。

二人三脚《ににんさんきゃく》で同《おな》じ速《はや》さになるとは思《おも》えない。

「ほな、ペアを発表《はっぴょう》するでぇ！」

みんながざわめいていても、マギワはどんどん話《はなし》を進《すす》める。

「１位《い》の利根猛士《とねたけし》は、９位《い》の仙川文子《せんかわふみこ》と組《く》んでや」

「なんだって!? オレ様《さま》が、どうしてこんな運動音痴《うんどうおんち》と！」

猛士《たけし》は言葉《ことば》を震《ふる》わせるが、マギワは知《し》らん顔《かお》でつづける。

「2位《い》の竹井《たけい》カツエは、8位《い》の小山草太《おやまそうた》と組《く》んでや。3位《い》の三国亜久斗《みくにあくと》は、7位《い》の桐島麗華《きりしまれいか》とや。4位《い》の上山秀介《うえやましゅうすけ》は、6位《い》の滝沢未奈《たきざわみな》とやね」

9人《にん》はおたがいのパートナーに目《め》をむける。

空手家《からてか》のカツエは気《き》の弱《よわ》い草太《そうた》をにらみ、草太《そうた》は小《ちい》さくなる。

女優《じょゆう》の麗華《れいか》はぶつぶつ文句《もんく》を言《い》っているが、亜久斗《あくと》は無表情《むひょうじょう》だ。

春馬《はるま》はため息《いき》をついた。パートナーはよりによって未奈《みな》だ。

「本気《ほんき》で走《はし》ってよね」

未奈《みな》に言《い》われて、春馬《はるま》は小《ちい》さくうなずいた。

彼女《かのじょ》とは、あまり話《はなし》をしないほうがよさそうだ。

「文子《ふみこ》となんて走《はし》れるわけねーだろ！」

猛士《たけし》がどなる。

「わたしだって、こんな粗暴《そぼう》な人《ひと》となんて承伏《しょうふく》できません。マギワさん、善処《ぜんしょ》ください」

文子《ふみこ》が泣《な》きそうな声《こえ》で、マギワに助《たす》けを求《もと》める。

「この2人《ふたり》は、相性最悪《あいしょうさいあく》のようやな。それなら、棄権《きけん》もできるでぇ？」

「棄権《きけん》できるのかぁ!?」と猛士《たけし》は大喜《おおよろこ》びする。

「不戦敗《ふせんぱい》で、2人《ふたり》ともここで脱落《だつらく》やけどな。それでええか？」

マギワに言《い》われて、猛士《たけし》と文子《ふみこ》は顔《かお》を見《み》あわせる。

「ダメだ！　それはダメだ!!」と猛士《たけし》。

「棄権《きけん》はしません」と文子《ふみこ》。

「それなら、がまんするんやな。勝負《しょうぶ》は時《とき》の運《うん》や。ウチの計算《けいさん》からすると、みんなが同《おな》じくらいの速《はや》さになるはずなんや」

意地悪《いじわる》なのか天然娘《てんねんむすめ》なのか、マギワは満足《まんぞく》そうな顔《かお》をしている。

「文子《ふみこ》、オレ様《さま》の足《あし》をひっぱるんじゃねーぞ！」

運動神経《うんどうしんけい》の悪《わる》い文子《ふみこ》は、自信《じしん》がなさそうにうつむく。

「あの……」

とうとつに、直人《なおと》が手《て》をあげた。

「どないしたん？」

「ぼくだけ、パートナーを言《い》われなかったんですけど」

「浅野直人《あさのなおと》か。9人《にん》で真《ま》ん中《なか》の5位《い》やったな。ペアを組《く》むパートナーがおらへんので、1人《ひとり》で走《はし》ってな。ただ、ハンデをつけさせてもらうで」

顔《かお》をかがやかせる直人《なおと》に、猛士《たけし》が難癖《なんくせ》をつける。

「ズルイだろぉが！　1人《ひとり》で走《はし》れば、はやいに決《き》まってる!!」

「人生《じんせい》には運《うん》も左右《さゆう》するんや。直人《なおと》は運《うん》がよかったということや」

「それなら1位《い》のオレ様《さま》がシードで、1人《ひとり》で走《はし》るのが妥当《だとう》じゃねえのかよぉ！」

「あー、うるさいなぁ。失格《しっかく》にするでぇ！」

マギワが声《こえ》を荒《あら》げると、猛士《たけし》は不満《ふまん》そうに口《くち》を閉《と》ざす。

「ほな、競走場所《きょうそうばしょ》に移動《いどう》や」

えっ、ここを走《はし》るんじゃないのか？

春馬《はるま》の胸《むね》にちょっぴり不安《ふあん》がよぎった。


マギワに連《つ》れられ、9人《にん》は建物中央《たてものちゅうおう》の奥《おく》にある、扉《とびら》の前《まえ》にやってきた。

春馬《はるま》が調《しら》べたとき、ここにはカギがかかっていた。

マギワが扉《とびら》を開《あ》けると、長《なが》いわたり廊下《ろうか》がつづいている。

「競走場所《きょうそうばしょ》は、この先《さき》やでぇ」

マギワはぐんぐん歩《ある》いていく。

窓《まど》から、廊下《ろうか》の先《さき》にある、えんとつのような高《たか》い塔《とう》が見《み》える。

茶色《ちゃいろ》のレンガ造《づく》りで窓《まど》はなく、ビル10階《かい》くらいの高《たか》さがある。

まさか、あそこにいくつもりなのか？

マギワは塔《とう》に通《つう》じる扉《とびら》を開《あ》けた。

春馬《はるま》は目《め》を見《み》はった。

ここは、なんだ？

薄暗《うすぐら》い空間《くうかん》は、巨大《きょだい》なえんとつの中《なか》か、古《ふる》いＳＦ映画《えいが》に出《で》てくるロケット発射場《はっしゃじょう》のようだ。

中央《ちゅうおう》は大《おお》きな穴《あな》になっていて、そのまわりをさびついた鉄《てつ》の階段《かいだん》が、うずまき状《じょう》に天《てん》にのびている。

「第《だい》2ゲームは、この『**螺旋塔**《らせんとう》』の階段《かいだん》での競走《きょうそう》や」

マギワが言《い》っても、驚《おどろ》いた9人《にん》はぽかんとしている。

ぴちゃ、ぴちゃ、ぴちゃ……

水滴《すいてき》が落《お》ちてくる。

「この階段《かいだん》、濡《ぬ》れてるわ」

正気《しょうき》にもどったように文子《ふみこ》が大《おお》きな声《こえ》を出《だ》した。

よく見《み》ると、階段《かいだん》はびしょびしょだ。

「昨日《きのう》、雨《あめ》が降《ふ》ったようなんや。すべるよって、気《き》をつけてな」

「これじゃ、おもいきり走《はし》れねーじゃねぇか」

猛士《たけし》がつぶやくように言《い》った。

春馬《はるま》も同《おな》じ気持《きも》ちだった。

ふつうにのぼるのも危《あぶ》なそうな階段《かいだん》を、二人三脚《ににんさんきゃく》で競走《きょうそう》するなんてむちゃくちゃだ。

でも、棄権《きけん》したら脱落《だつらく》で殺《ころ》される。

それなら、競走《きょうそう》しないとならない。

「これが第《だい》2ゲームの本番《ほんばん》や。スタートはここで、ゴールは最上階《さいじょうかい》の展望室《てんぼうしつ》や。ビリになったもんは脱落《だつらく》。1億円《おくえん》から、さよならや。反対《はんたい》に勝《か》ったもんは、1億円《おくえん》に1歩《ぽ》近《ちか》づくわけや」

1億円《おくえん》。

マギワのその言葉《ことば》に、しりごみしていた参加者《さんかしゃ》の目《め》が生《い》きかえる。

「いいいい……1億円《おくえん》がかかってるんだ」と草太《そうた》。

「勝《か》つよ」と、ひとこと言《い》うカツエ。

猛士《たけし》も文子《ふみこ》も麗華《れいか》も、やる気《き》になっている。

亜久斗《あくと》だけは表情《ひょうじょう》が変《か》わらない。

怨田《おんだ》と鬼崎《おにざき》が、ペアになる2人《ふたり》の足《あし》をしばっていく。

春馬《はるま》の左足《ひだりあし》と未奈《みな》の右足《みぎあし》も、ロープできつく結《むす》ばれる。

……あれ、どうしたんだ？

未奈《みな》は震《ふる》えているようだ。それに、落《お》ちつきなく視線《しせん》を動《うご》かしている。

「どうしたの？」

「……べつに……」

「震《ふる》えてるだろう」

「そんなこと……」

彼女《かのじょ》は冷静《れいせい》を装《よそお》っているが、どこかおかしい。

「顔色《かおいろ》が悪《わる》いですね。なにか支障《ししょう》でも？」

文子《ふみこ》が、未奈《みな》の顔《かお》をのぞきこむ。

「……あなた、高所恐怖症《こうしょきょうふしょう》と推察《すいさつ》しますけど」おもしろそうに言《い》う。

「そ、そんなこと……」と言《い》って、未奈《みな》は口《くち》を閉《と》ざす。

「そうなのか？」

春馬《はるま》の質問《しつもん》に、未奈《みな》は認《みと》めたくなさそうに、ほんの小《ちい》さくうなずく。

猛士《たけし》が派手《はで》にガッツポーズをする。

「よっしゃ、これで最下位《さいかい》はなくなった！　やったぜぇぇぇ！」

「パートナーが運動音痴《うんどうおんち》のわたしで、幸運《こううん》でしたね」と文子《ふみこ》。

「そうだな。サンキュ――――！」

猛士《たけし》と文子《ふみこ》が、にんまりと笑顔《えがお》を見《み》せる。

春馬《はるま》は頭《あたま》を抱《かか》えた。

このままだと負《ま》ける。そして、殺《ころ》される。そんなのはいやだ。

なんとかしないと……。

「「あの……」」

春馬《はるま》と未奈《みな》が同時《どうじ》に言《い》った。

「いや、べつに……いや、やっぱり、なに？」と春馬《はるま》が聞《き》いた。

「どうしよう……」

小《ちい》さな声《こえ》で未奈《みな》が聞《き》いた。

それはこっちのセリフだ、と言《い》いたかったが、がまんした。

「この階段《かいだん》はあがれない？」

未奈《みな》は小《ちい》さくうなずく。

「塔《とう》の外《そと》は見《み》えないから、高所恐怖症《こうしょきょうふしょう》でも怖《こわ》くないんじゃない」

「真《ま》ん中《なか》が空《あ》いている」

「壁側《かべがわ》を走《はし》ろうよ」

「そのぶん、距離《きょり》が長《なが》くなるわ」

未奈《みな》の言《い》うとおり、中央側《ちゅうおうがわ》を走《はし》るのが最短距離《さいたんきょり》だ。

「距離《きょり》は長《なが》くなっても、壁側《かべがわ》を走《はし》ろう」

「そうね……」

未奈《みな》の歯切《はぎ》れは悪《わる》く「がんばってみる」と小《ちい》さな声《こえ》で言《い》った。

各《かく》ペアは、走《はし》り方《かた》を打《う》ち合《あ》わせしている。

「イチで外側《そとがわ》、ニで内側《うちがわ》の足《あし》を出《だ》しましょう。それでよろしい？」

麗華《れいか》が言《い》うと、亜久斗《あくと》が「合《あ》わせられるから大丈夫《だいじょうぶ》」と短《みじか》く答《こた》える。

「あたしの指示通《しじどお》りに足《あし》を出《だ》すんだよ。わかったかい？」

カツエが言《い》うと、「ははは……はい」と草太《そうた》が答《こた》える。

1人《ひとり》で走《はし》る直人《なおと》は、ハンデとして3分遅《ぶんおく》れのスタートになる。

「みんな、スタートラインについてやあ〜」

いよいよだ。

マギワのかけ声《ごえ》で、８人《にん》は２列《れつ》にならんだ。

未奈《みな》の震《ふる》えが、春馬《はるま》にも伝《つた》わってくる。

階段《かいだん》は、４人《にん》がならんで走《はし》れるギリギリの幅《はば》しかない。

「おまえたち、あの世《よ》にいきやがれぇ！」

春馬《はるま》と未奈《みな》にむかって、猛士《たけし》が笑《わら》いながら言《い》った。

「……むかつく。あんたには負《ま》けないから」

未奈《みな》が言《い》いかえした。

それを見《み》て、春馬《はるま》は希望《きぼう》を持《も》った。

彼女《かのじょ》は負《ま》けず嫌《ぎら》いだ。勝負《しょうぶ》がかかったら高所恐怖症《こうしょきょうふしょう》を克服《こくふく》するかもしれない。

「ぼく、あきらめてないから」

「あたりまえでしょう。あたしは勝《か》たないといけないのよ。高所恐怖症《こうしょきょうふしょう》なんかに負《ま》けない」

❻ 螺旋塔《らせんとう》の戦《たたか》い

「第《だい》2ゲーム、スッタァ――――ト！」


マギワの合図《あいず》で、8人《にん》は走《はし》りだした。

春馬《はるま》と未奈《みな》は、息《いき》を合《あ》わせてスタートダッシュをかけ、壁《かべ》づたいに階段《かいだん》を駆《か》けあがる。

「イチ、ニ、イチ、ニ、イチ、ニ……！」

春馬《はるま》のかけ声《ごえ》に、ピタリと未奈《みな》が合《あ》わせる。

猛士《たけし》と文子《ふみこ》、カツエと草太《そうた》、亜久斗《あくと》と麗華《れいか》は、最短距離《さいたんきょり》の内側《うちがわ》を駆《か》けあがろうとしていた。


ガツッ！


「いってぇな、このやろう！」

「きゃあ、なんですの！」

猛士《たけし》とカツエがぶつかってころび、亜久斗《あくと》と麗華《れいか》も巻《ま》きこまれた。

先頭《せんとう》に抜《ぬ》けだしたのは、春馬《はるま》と未奈《みな》のペアだ。

「イチ、ニ、イチ、ニ、イチ、ニ……！」

春馬《はるま》が声《こえ》をかける。

2人《ふたり》の走《はし》るスピードは同《おな》じくらいなので、テンポよくどんどん駆《か》けあがる。

「負《ま》けられない、……負《ま》けられない！」

未奈《みな》は、前《まえ》だけを見《み》て階段《かいだん》をあがる。

これは勝《か》てるかもしれない。

春馬《はるま》は手《て》ごたえを感《かん》じたが——。

半分《はんぶん》をすぎたところで、未奈《みな》がほんの少《すこ》し、足《あし》をすべらせてバランスをくずした。

「あっ！」

「危《あぶ》ない」

春馬《はるま》がすかさず支《ささ》えたので、ころばなかった。

が、そのとき、未奈《みな》は下《した》を見《み》てしまった。

未奈《みな》の体《からだ》がぶるぶる震《ふる》えだし、その場《ば》に立《た》ちすくんだ。

「おい、どうしたんだ？」

春馬《はるま》が聞《き》いても、未奈《みな》は答《こた》えられない。

「もう一度《いちど》、イチ、ニで階段《かいだん》をあがればいいんだよ！」

「ムリ……」

「なに言《い》ってるんだよ！　ここまであがってこられただろう!?」

ぶるぶると、未奈《みな》は首《くび》を横《よこ》にふる。

「おい、なんだよ。……あぁ、どうすればいいんだ」

春馬《はるま》と未奈《みな》が立《た》ち往生《おうじょう》しているところに、亜久斗《あくと》と麗華《れいか》のペアがやってきた。

亜久斗《あくと》と麗華《れいか》は息《いき》を合《あ》わせて、春馬《はるま》たちを追《お》いぬいていく。

「イチ、ニ、イチ、ニ、イチ、ニ……」

「まだ2位《い》だから、大丈夫《だいじょうぶ》だよ。さあ、はやく行《い》こう！」

春馬《はるま》が声《こえ》をかけても、未奈《みな》には聞《き》こえてないようだ。

「……ムリよ」

そして、カツエと草太《そうた》のペアもやってくる。

2人《ふたり》は、壁《かべ》にへばりついている未奈《みな》と春馬《はるま》の横《よこ》を駆《か》けぬけていく。

「このままだと負《ま》けるぞ！」

春馬《はるま》があせっても、未奈《みな》はまったく動《うご》けない。

そこに、猛士《たけし》と文子《ふみこ》もやってくる。

2人《ふたり》はまったく息《いき》が合《あ》ってないが、罵《ののし》りあいながら、1歩《ぽ》1歩《ぽ》あがってくる。

「おまえたちの負《ま》けだ。バ――カ！」

捨《す》て台詞《ぜりふ》をはいて、猛士《たけし》は春馬《はるま》たちをぬいていく。

「そ、そうだ、目《め》をつむってみたら？」

春馬《はるま》が提案《ていあん》すると、未奈《みな》は首《くび》を横《よこ》にふる。

「見《み》えないと、よけいに怖《こわ》い」

「それならどうすればいいんだ」

春馬《はるま》がこまっているところに、3分遅《ぷんおく》れの直人《なおと》が1人《ひとり》で駆《か》けあがってきた。

「悪《わる》いけど、先《さき》にいかせてもらうね」

直人《なおと》にもぬかれて、春馬《はるま》と未奈《みな》は最下位《さいかい》になる。

「このままだと脱落《だつらく》だぞ。いいのかよ！」

「……ああ……あがるわ」

未奈《みな》はよろめきながら1歩《ぽ》、階段《かいだん》をあがる。

彼女《かのじょ》の震《ふる》えは、春馬《はるま》に伝《つた》わってくる。

なにか言葉《ことば》をかけてやりたいけど、うかばない。こうなったら、恥《は》ずかしいけど……。

春馬《はるま》は未奈《みな》の手《て》をにぎった。

「えっ？」

未奈《みな》は驚《おどろ》いた顔《かお》をする。

「こ、こうしたほうが、少《すこ》しは落《お》ちつくかと思《おも》って……」

未奈《みな》はなにも言《い》わなかったが、彼女《かのじょ》の手《て》のぬくもりを春馬《はるま》は感《かん》じた。

2人《ふたり》はゆっくりゆっくり、階段《かいだん》をあがる。

「うわああああ」

そのとき、悲鳴《ひめい》をあげながら、直人《なおと》がころげ落《お》ちてきた。

「おい、大丈夫《だいじょうぶ》か!?」

春馬《はるま》が声《こえ》をかけると、直人《なおと》が足《あし》をおさえながら顔《かお》をあげた。

「猛士《たけし》に、足《あし》を引《ひ》っかけられたんだ」

「けがはない？」

未奈《みな》の声《こえ》に、春馬《はるま》は耳《みみ》をうたがった。

彼女《かのじょ》にもやさしいところがあるんだ。

「けがはないみたい。それより、君《きみ》たちが心配《しんぱい》だよ」

「これでも全力《ぜんりょく》なんだ」

「高所恐怖症《こうしょきょうふしょう》なんて、運《うん》が悪《わる》かったね。でもごめん、ぼくも負《ま》けられないから……」

申《もう》し訳《わけ》なさそうに言《い》いながら、直人《なおと》が駆《か》けあがっていく。

「少《すこ》し待《ま》って……」

ゆっくりあがっていた未奈《みな》だったが、このあたりが限界《げんかい》のようだ。

体《からだ》を曲《ま》げて、大《おお》きく深呼吸《しんこきゅう》する。顔色《かおいろ》は真《ま》っ青《さお》だ。

そのとき、直人《なおと》が駆《か》けおりてきた。

「あれ、どうしたんだ、直人《なおと》？」

春馬《はるま》が聞《き》くと、直人《なおと》は真顔《まがお》になり、

「――君《きみ》たちに協力《きょうりょく》する」

「えっ、どうして？」

「その代《か》わり、条件《じょうけん》があるんだ。もし、きみたちが賞金《しょうきん》を獲得《かくとく》できたら、ぼくに貸《か》してほしい」

「あたしもお金《かね》は必要《ひつよう》よ」

「ここで負《ま》けたら終《お》わりだろ。それに、お金《かね》はすぐに返《かえ》せるんだ。1週間《しゅうかん》もしたら、父《とう》さんの会《かい》社《しゃ》はたて直《なお》せる。そうしたら、お金《かね》はすぐに返《かえ》す。それも倍返《ばいがえ》しするよ」

「ぼくはいいけど……」

「その話《はなし》、まちがいない？」

未奈《みな》が念《ねん》を押《お》す。

「約束《やくそく》する」

「でも、協力《きょうりょく》するって、どうやるんだ？」

春馬《はるま》が聞《き》くと、直人《なおと》が説明《せつめい》する。

「未奈《みな》は目《め》をつむってて。まわりが見《み》えなかったら、怖《こわ》くないでしょ」

「見《み》えないと、よけいに怖《こわ》いらしいんだ」

春馬《はるま》が、未奈《みな》に代《か》わって答《こた》えた。

「少《すこ》しがまんして。ぼくと秀介《しゅうすけ》で未奈《みな》を挟《はさ》んで、持《も》ちあげて運《はこ》ぶから」

「直人《なおと》、頭《あたま》いいなぁ」

「そんなので……、うまくいくの？」

疑問《ぎもん》を口《くち》にしたのは未奈《みな》だ。

「これしか方法《ほうほう》はない。直人《なおと》の作戦《さくせん》をやってみよう」

春馬《はるま》が言《い》っても、未奈《みな》はためらっている。

「なにもしなかったら、負《ま》けるんだよ。一《いち》か八《ばち》かで勝負《しょうぶ》しようよ」

直人《なおと》はやさしい声《こえ》で、未奈《みな》を説得《せっとく》する。

「……わかった。やるわ」

「ぼくは左《ひだり》から持《も》ちあげるよ」

直人《なおと》は未奈《みな》の左《ひだり》から肩《かた》を貸《か》し、右《みぎ》からは春馬《はるま》が貸《か》す。

2人《ふたり》は目《め》をつむった未奈《みな》を持《も》ちあげる。

肩《かた》にずっしり未奈《みな》の体重《たいじゅう》がかかるが、これくらいはがまんできる。

「いくぞ！」

春馬《はるま》の声《こえ》で、3人《にん》は階段《かいだん》をあがりはじめる。

3人《にん》は、軽快《けいかい》に階段《かいだん》をあがっていく。

これはいいぞ。さっきまでの二人三脚《ににんさんきゃく》と同《おな》じくらいだ。

春馬《はるま》と直人《なおと》は、夢中《むちゅう》でのぼっていった。

「痛《いた》い、痛《いた》いわよ」

そのうち、頭上《ずじょう》から文子《ふみこ》の声《こえ》が聞《き》こえてきた。

「わたしの左《ひだり》の足首《あしくび》が鈍痛《どんつう》よ。歩調《ほちょう》を合《あ》わせて」

「うるせぇなぁ。おまえのほうが、オレ様《さま》に合《あ》わせろよ！」

猛士《たけし》と文子《ふみこ》が言《い》いあらそいをしている声《こえ》が、すぐ上《うえ》から聞《き》こえる。

あの２人《ふたり》は油断《ゆだん》している。これなら、抜《ぬ》ける。

しかし、文子《ふみこ》がうしろの気配《けはい》を感《かん》じて、ふりかえった。

しまった。見《み》つかった。

「緊急事態《きんきゅうじたい》よ！　彼《かれ》らが接近《せっきん》している！」

文子《ふみこ》が猛士《たけし》に知《し》らせる。

「バカ言《い》うんじゃねぇ、あいつらは……ななな、なんだって！」

すぐ下《した》まで迫《せま》っている春馬《はるま》たちを見《み》て、猛士《たけし》が大声《おおごえ》をあげた。

「まずいじゃねーか！」

あわてて階段《かいだん》を駆《か》けあがろうとする猛士《たけし》だが、文子《ふみこ》と息《いき》が合《あ》わない。

「はやくしろよ、運動音痴《うんどうおんち》！」

「催促《さいそく》されても、これで最速《さいそく》です」

「バカ！　こんなときにダジャレなんて言《い》うんじゃねぇ」

猛士《たけし》と文子《ふみこ》が内輪《うちわ》もめしている間《あいだ》に、春馬《はるま》たちは追《お》いついた。

「ぬかせねぇぇぇぇ！」

猛士《たけし》と文子《ふみこ》は、ぬかれないようにわざと横《よこ》に広《ひろ》がる。

階段《かいだん》は、４人《にん》がならべる幅《はば》しかない。

３人並《にんなら》んでいる春馬《はるま》たちは、猛士《たけし》たちを抜《ぬ》けない。

階段《かいだん》の内側《うちがわ》から猛士《たけし》たちをぬこうとするが、反対側《はんたいがわ》の直人《なおと》が引《ひ》っかかってしまう。

どうすればいいんだ。このままだと最下位《さいかい》だ。

ゴールの最上階《さいじょうかい》が見《み》えてきた。

ほかのペアは、すでにゴールしている。

このままでは負《ま》ける。

「直人《なおと》、もういい、先《さき》にいってくれ！」と春馬《はるま》がさけぶ。

「でも、それじゃあ君《きみ》たちは負《ま》けるよ」

「このままなら、直人《なおと》が最下位《さいかい》になるかもしれない」

「それはこまるけど、……本当《ほんとう》に大丈夫《だいじょうぶ》かい？」

「いいから、未奈《みな》を降《お》ろして先《さき》にいけ！」

「でも……それじゃあたしたちが……」

未奈《みな》が心配《しんぱい》そうに言《い》った。

「助《たす》けてくれた直人《なおと》を最下位《さいかい》にはできないだろ！」

「うん、わかった。ありがとう！」

直人《なおと》は未奈《みな》を肩《かた》からおろし、すぐに駆《か》けあがっていく。

春馬《はるま》はもう一度《いちど》、未奈《みな》にむきなおった。

「未奈《みな》、目《め》を開《あ》けて。ここからはぼくたち2人《ふたり》でいくよ」

「ムリよ」

未奈《みな》は壁《かべ》にくっつくようにして、震《ふる》えている。

「目《め》を開《あ》けるんだ。妹《いもうと》を助《たす》けたいんだろう！」

春馬《はるま》がどなると、未奈《みな》は目《め》を開《あ》けるが、

「ああっ、やっぱりムリ！」

絶体絶命《ぜったいぜつめい》だ。

なんとかして、彼女《かのじょ》をやる気《き》にさせないと……。

「いくじなし！　妹《いもうと》は、もっと怖《こわ》い目《め》に遭《あ》ってるんだろ!?」

「うるさいな。なにも知《し》らないあんたに、言《い》われたくないわ！」

むっとした未奈《みな》を見《み》て、春馬《はるま》はひらめいた。

怒《おこ》らせたら、ここが高《たか》い場所《ばしょ》だと忘《わす》れるかもしれない。

「弱虫《よわむし》、いくじなし、キモい、ダサい、クサい、ブス！」

「ちょっ、こんなときに、なに言《い》ってるの!?」

どうやら、まとはずれなことを言《い》ったようだ。

彼女《かのじょ》が本気《ほんき》で怒《おこ》るのは……、そうか！

「きみの妹《いもうと》って、本当《ほんとう》に病気《びょうき》なの？　どうせ仮病《けびょう》だろ？」

「はあ!?」

「たいしたことないのに、かまってほしいだけなんじゃないか。おおげさに痛《いた》がってるだけとかさ。1億円《おくえん》が必要《ひつよう》な手術《しゅじゅつ》なんて、信《しん》じられないよ」

春馬《はるま》がさらに言《い》うと、未奈《みな》の目《め》の色《いろ》が変《か》わった。

「ゆるせない……。あんなにがんばってる妹《いもうと》をバカにして、絶対《ぜったい》にゆるせない――――！」

未奈《みな》は目《め》をつりあげて、春馬《はるま》につかみかかってくる。

うわぁ、これはマジで怖《こわ》いぞ。

春馬《はるま》は階段《かいだん》を駆《か》けあがる。

「待《ま》ちなさいよ！」

未奈《みな》が追《お》いかける。

最悪《さいあく》の方法《ほうほう》だけど、未奈《みな》は怒《いか》りで高所恐怖症《こうしょきょうふしょう》を忘《わす》れている。

春馬《はるま》と未奈《みな》は階段《かいだん》を駆《か》けあがる。

「追《お》いあげてきたぞー！」

猛士《たけし》が驚《おどろ》いている。

春馬《はるま》は体《からだ》を横《よこ》にして、猛士《たけし》の横《よこ》をすりぬける。

「させるかぁぁぁぁ！」

猛士《たけし》は、体《からだ》をぶつけて春馬《はるま》と未奈《みな》を止《と》めようとするが、文子《ふみこ》が足《あし》をすべらせて動《うご》けない。

文字通《もじどお》り、足《あし》をひっぱられて、猛士《たけし》は前《まえ》に進《すす》めない。

春馬《はるま》と未奈《みな》は、猛士《たけし》たちの横《よこ》を駆《か》けぬけた。

ゴールは目《め》の前《まえ》だ。

「うしろに気《き》をつけて！」

最上階《さいじょうかい》から直人《なおと》が声《こえ》をかける。

はっとなった春馬《はるま》は、未奈《みな》に「ジャンプして！」とさけぶ。

「な、なに？」

「いいから、跳《と》べ！」

春馬《はるま》がどなると、その迫力《はくりょく》に未奈《みな》は垂直《すいちょく》とびのようにジャンプする。

それに合《あ》わせて春馬《はるま》も跳《と》ぶ。

2人《ふたり》の足《あし》の下《した》を、猛士《たけし》がけりだした足《あし》が空振《からぶ》りする。

「危《あぶ》なかった！」

春馬《はるま》と未奈《みな》は無事《ぶじ》に着地《ちゃくち》すると、そのまま展望室《てんぼうしつ》にゴールした。

「やった。勝《か》った！」

大喜《おおよろこ》びする春馬《はるま》に、未奈《みな》がつかみかかろうとする。

「ゲーム中《ちゅう》は暴力《ぼうりょく》は禁止《きんし》だよ。失格《しっかく》になる」

助《たす》けに入《はい》ったのは直人《なおと》だ。

「……ごめん、未奈《みな》……高所恐怖症《こうしょきょうふしょう》を忘《わす》れさせようと思《おも》って……」

春馬《はるま》が、しどろもどろで言《い》い訳《わけ》する。

「それくらい……わかってたわ」

強《つよ》がりを言《い》った未奈《みな》だが、正気《しょうき》になってまわりを見《み》るとまた震《ふる》えだす。

最上階《さいじょうかい》の展望室《てんぼうしつ》はあたり一面《いちめん》ガラス張《ば》りで、周囲《しゅうい》を一望《いちぼう》できた。

この建物《たてもの》は、深《ふか》い山《やま》の中《なか》だ。

ビル10階《かい》くらいの高《たか》さの展望室《てんぼうしつ》から見《み》ても、空《そら》と山《やま》しか見《み》えない。

そのときようやく、猛士《たけし》と文子《ふみこ》がゴールする。

どうやってあがってきたのか、そこにマギワと怨田《おんだ》と鬼崎《おにざき》がいた。

「第《だい》2ゲームの脱落者《だつらくしゃ》は……利根猛士《とねたけし》と、仙川文子《せんかわふみこ》やぁ！」

マギワに言《い》われて、猛士《たけし》と文子《ふみこ》はその場《ば》に座《すわ》りこむ。

「1億円《おくえん》が……、サッカー留学《りゅうがく》の夢《ゆめ》が……」と猛士《たけし》がぶつぶつ言《い》う。

「わたしだって、明日《あす》にも家《いえ》が壊《こわ》れるかもしれないのに……」と文子《ふみこ》。

「おまえのせいだぞ。オレ様1人《さまひとり》だけなら……」

「なに言《い》ってるの！　悪《わる》いのはあなたじゃない」

「オレ様《さま》のどこが悪《わる》いんだよ！」

猛士《たけし》と文子《ふみこ》が言《い》い合《あ》っている。

「責任《せきにん》のなすり合《あ》いはみにくいなぁ。残《のこ》った者《もの》は7人《にん》。1人《ひとり》あたりの賞金《しょうきん》は、約《やく》1428万円《まんえん》ずつや！」

マギワはゲームに勝《か》った7人《にん》を、展望室《てんぼうしつ》のすみに連《つ》れていった。

そこにエレベーターがある。

マギワたちはこれであがってきたのだ。

「勝者《しょうしゃ》はエレベーターで下《お》りるでぇ」

マギワに連《つ》れられて、春馬《はるま》たちは大型《おおがた》エレベーターに乗《の》せられた。

「猛士《たけし》と文子《ふみこ》は？」と春馬《はるま》が聞《き》く。

「ゲームに負《ま》けた者《もの》は、別《べつ》の方法《ほうほう》で1階《かい》に下《お》りるんや」

そう言《い》うとマギワはドアを閉《し》めた。

春馬《はるま》は胸《むな》さわぎがした。
猛士《たけし》と文子《ふみこ》は、あの階段《かいだん》を下《お》りるのだろうか……。
エレベーターはすぐに下《した》に着《つ》いた。
ドアが開《ひら》くと、螺旋塔《らせんとう》の1階《かい》だ。
ここに来《き》たときは気《き》がつかなかったが、エレベーターがあったのだ。
全員《ぜんいん》が降《お》りると、ふいにマギワが塔《とう》を見《み》あげた。
なにかあるのかな？
そのときだった。
「うわぁぁぁあああああ！」
「キャ――――――ッ！」
猛士《たけし》と文子《ふみこ》の悲鳴《ひめい》が聞《き》こえてくる。
ドガッ！
大地《だいち》を響《ひび》かせるような音《おと》が、2つなった。
「なな……なに今《いま》の？」と未奈《みな》が聞《き》いた。

「まさか……！」と春馬《はるま》が言《い》う。

みんなは真《ま》っ青《さお》な顔《かお》を見《み》あわせている。

「なにをぼっとしてるんや。次《つぎ》のゲーム会場《かいじょう》にむかうでぇ」

マギワはあっけらかんと言《い》う。

「ちょ、ちょっと待《ま》ってください。猛士《たけし》と文子《ふみこ》はどうなったんですか？」

「脱落者には、過酷な運命が待っているんや」

「そんな……！」と麗華《れいか》が唇《くちびる》を震《ふる》わせる。

「みんな、命《いのち》の保証《ほしょう》はないと書《か》いてあったのを読《よ》んで、YESを押《お》したんやろう？」

マギワに言《い》われて、だれも言《い》いかえせなくなる。

「さぁー、次《つぎ》はどういうゲームが待《ま》っているんかなぁ。みんな、楽《たの》しみやろ？」

明《あか》るい声《こえ》で言《い》うマギワに、春馬《はるま》は恐怖《きょうふ》を覚《おぼ》える。

7 嘘《うそ》発《はっ》見《けん》テスト

春馬《はるま》たちはホールにやってきた。

マギワはゲームの準備《じゅんび》があると言《い》って、『**真実《しんじつ》の部屋《へや》**』に入《はい》っていった。

残《のこ》された7人《にん》は青《あお》ざめた顔《かお》をしている。

ここあ、猛士《たけし》、文子《ふみこ》が脱落《だつらく》した。

3人《にん》は生《い》きてない。

「もう終了宣言《しゅうりょうせんげん》をしよう」

春馬《はるま》が提案《ていあん》した。

「ぼくも同《おな》じことを考《かんが》えてたよ」と言《い》ったのは直人《なおと》だ。

「わたくしもですわ。あなたもそうしなさい」

麗華《れいか》が言《い》うが、草太《そうた》は迷《まよ》っている。

「でで……でも、ぼくは1億円《おくえん》が……」

草太《そうた》と同《おな》じように、カツエも悩《なや》んでいるようだ。残《のこ》り1人《ひとり》、亜久斗《あくと》は無表情《むひょうじょう》だ。

「あたしは……続行希望《ぞっこうきぼう》」

未奈《みな》の言葉《ことば》に、春馬《はるま》はギョッとなり、

「ちょっと待《ま》てよ。負《ま》けたら、殺《ころ》されるんだぞ！」

「負《ま》けなければ殺《ころ》されないわ。……あたしは負《ま》けない」

未奈《みな》はきっぱりと言《い》いきる。

「そうか、未奈《みな》はどうしても1億円《おくえん》が必要《ひつよう》なんだね」

やわらかい口調《くちょう》で直人《なおと》が言《い》うと、未奈《みな》は「そうよ」と頷《うなず》いた。

「それなら、ぼくにまかせてくれないか」

「どういうこと？」

未奈《みな》はいぶかしげに聞《き》きかえした。

「ぼくの父《とう》さんの会社《かいしゃ》が倒産《とうさん》しそうだというのは言《い》ったよね。でも、1億円《おくえん》あれば、持《も》ち直《なお》すんだ。そうしたら、父《とう》さんの所有《しょゆう》している特許《とっきょ》で、すぐに世界中《せかいじゅう》からお金《かね》が入《はい》ってくる」

直人《なおと》はやさしい口調《くちょう》で話《はなし》をつづける。

「みんなのお金《かね》を貸《か》してくれたら、1週間後《しゅうかんご》には、みんなが必要《ひつよう》なだけ、お金《かね》をわたすことができる。だから、ここでゲームを終《お》わらせて、ぼくに賞金《しょうきん》をあずけてくれないか」

「あたしのお金《かね》をわたしたら、1週間後《しゅうかんご》に1億円《おくえん》をくれるっていうの？」

「そうだよ」

「でも、そんな大金《たいきん》……」

未奈《みな》が言《い》うと、直人《なおと》は笑顔《えがお》になる。

「なにがおかしいのよ」

「みんな、1億円《おくえん》は大金《たいきん》だと思《おも》っているようだけど、1年《ねん》で90億円《おくえん》以上《いじょう》もらっているサッカー選《せん》手《しゅ》だっているんだよ。世界《せかい》から見《み》たら、1億円《おくえん》はたいしたお金《かね》じゃないんだ」

「そうなんだ……」と未奈《みな》。

「1回《かい》の手術《しゅじゅつ》で1億円《おくえん》が必要《ひつよう》なんだよね。それは逆《ぎゃく》に、1億円《おくえん》もらう医者《いしゃ》がいるってことでしょう」

「……そうか。そう言《い》われたら、そうよね」

未奈《みな》は、直人《なおと》の話《はなし》に納得《なっとく》する。

「あたしもゲーム終了《しゅうりょう》でいいわ」

未奈《みな》が言《い》うと、迷《まよ》っていた草太《そうた》とカツエも「ゲーム終了《しゅうりょう》」に賛成《さんせい》する。

「これで全員《ぜんいん》が、ゲーム終了《しゅうりょう》だね」と直人《なおと》。

「いいや、亜久斗《あくと》がまだだよ」

春馬《はるま》が言《い》う。そういえば、亜久斗《あくと》の姿《すがた》が見《み》えない。

彼《かれ》はみんなから離《はな》れて、ホールのすみにいた。

「亜久斗《あくと》、今《いま》の話《はなし》を聞《き》いていたかな？」と春馬《はるま》。

「聞《き》いていた」

「ゲーム終了《しゅうりょう》の宣言《せんげん》をするんだ。亜久斗《あくと》も賛成《さんせい》だろう」

「……続行《ぞっこう》だ」

「えっ！」

春馬《はるま》が驚《おどろ》いていると、直人《なおと》が亜久斗《あくと》の前《まえ》にいく。

「亜久斗《あくと》は、いくら必要《ひつよう》なの？」

「金《かね》は関係《かんけい》ない。おれは、君《きみ》が信用《しんよう》できない」

「どういうこと？　ぼくのなにが信用《しんよう》できないの？」

直人《なおと》が聞《き》いても、亜久斗《あくと》はそれ以上《いじょう》は言《い》わない。

春馬《はるま》は頭《あたま》をかいた。

1人《ひとり》でも続行《ぞっこう》を希望《きぼう》する者《もの》がいたら、ゲームは終了《しゅうりょう》できない。

そのとき、『真実《しんじつ》の部屋《へや》』からマギワが出《で》てくる。

「第《だい》3ゲームが用意《ようい》できたでぇ。みんな、入《はい》ってな」

マギワに言《い》われて、7人《にん》は『真実《しんじつ》の部屋《へや》』に入《はい》った。


薄暗《うすぐら》い照明《しょうめい》の下《した》に、机《つくえ》、椅子《いす》、教壇《きょうだん》があって学校《がっこう》の教室《きょうしつ》のような部屋《へや》だ。

春馬《はるま》は落《お》ちつかなかった。

ここは、なんなんだ……。

部屋《へや》はふつうだが、ゆか、壁《かべ》、天井《てんじょう》に、大小《だいしょう》さまざまな、無数《むすう》の目玉《めだま》の絵《え》が描《か》かれている。

まるで四方八方《しほうはっぽう》から、だれかに見《み》られているようだ。

「みんな、席《せき》に着《つ》いてや」

教壇《きょうだん》のマギワに言《い》われて、それぞれが近《ちか》くの席《せき》に着《つ》く。

「第《だい》3ゲームは、思考力《しこうりょく》テストや。みんなにはペーパーテストを受《う》けてもらうでぇ」

マギワは、手《て》に持《も》ったテスト用紙《ようし》をひらひらさせる。

「賢《かしこ》い子《こ》は助《たす》かり、そうでない子《こ》は、さよならや」

春馬《はるま》は顔《かお》をくもらせた。

学校《がっこう》の成績《せいせき》は悪《わる》くないけど、運動《うんどう》ほどは得意《とくい》じゃない。

クイズやなぞなぞなら自信《じしん》があるけど、テストは暗記《あんき》した結果《けっか》を書《か》くだけだから、退屈《たいくつ》だ。

マギワがテスト用紙《ようし》を配《くば》ろうとしたときだ。

怨田《おんだ》があわてた様子《ようす》で、部屋《へや》に入《はい》ってきた。

なにかあったのかな？

怨田《おんだ》に耳打《みみう》ちされ、マギワは驚《おどろ》きの表情《ひょうじょう》をする。

「なんやて！　それはほんまか!?」

「まちがいありません」と怨田《おんだ》はうなずいた。

「そうか、しょうがないな。それなら、あれを用意《ようい》してな」

「承知《しょうち》しました」と怨田《おんだ》は部屋《へや》を出《で》ていく。

やっぱり、なにかあったようだ。

「みんなに悲《かな》しいお知《し》らせや。**この中《なか》に、嘘《うそ》つきがおることが判明《はんめい》した**」

春馬《はるま》の全身《ぜんしん》から、汗《あせ》が噴《ふ》きだす。

おそれていたことがおきてしまった。ぼくが秀介《しゅうすけ》じゃないと、ばれたのだ。

鼓動《こどう》が一気《いっき》にはやくなる。

「前《まえ》にも言《い》うたやろ、嘘《うそ》をついた者《もの》は失格《しっかく》やて。ここで脱落《だつらく》や」

春馬《はるま》は震《ふる》える体《からだ》を必死《ひっし》におさえる。

失格《しっかく》、脱落《だつらく》。

それは、死《し》を意味《いみ》する。

こんなところで死《し》にたくない。

どうしたらいいんだ？

逃《に》げだすにしても、館《やかた》の扉《とびら》にはカギがかかっているし……。

結局《けっきょく》、春馬《はるま》はなにもできない。

怨田《おんだ》と鬼崎《おにざき》がビーカーのようなコップを持《も》ってくる。

「これから、みんなに特殊《とくしゅ》な液体《えきたい》の入《はい》ったコップを配《くば》るで」

マギワが言《い》うと、怨田《おんだ》と鬼崎《おにざき》がみんなの前《まえ》にコップをおいていく。

「ＦＢＩが開発《かいはつ》した嘘《うそ》を発見《はっけん》する液体《えきたい》や。その名《な》も『**嘘発見液**《うそはっけんえき》』やぁ」

ネーミングはストレートすぎて最悪《さいあく》で、みんなはまったくの無反応《むはんのう》だ。

「――ノリが悪《わる》いなぁ。まぁ、ええわ。とにかく、この液体《えきたい》は嘘《うそ》つきの指《ゆび》には黒《くろ》くつき、正直者《しょうじきもの》にはつかへん」

春馬《はるま》の前《まえ》にもコップがおかれた。

指《ゆび》を入《い》れたら、嘘《うそ》をついていることがばれてしまう。

どうすればいいんだ。考《かんが》えるんだ、なにかいい方法《ほうほう》はないかな。

もしかして！

春馬《はるま》はコップを見《み》た。

コップの3分《ぶん》の2くらいまで黒《くろ》い液体《えきたい》が入《はい》っている。

いいことを思《おも》いついたぞ。指《ゆび》を入《い》れるふりをして、曲《ま》げて入《い》れなければいいんだ。

これは、意外《いがい》と簡単《かんたん》に逃《のが》れられるかもしれないぞ。

「ほな、指《ゆび》を入《い》れてや」

指曲《ゆびま》げ作戦《さくせん》を実行《じっこう》しようとした春馬《はるま》だったが、まわりの視線《しせん》を感《かん》じる。

ぼくの思《おも》いすごしだ。

壁《かべ》に目玉《めだま》の絵《え》が描《か》かれているから、見《み》られているように感《かん》じるだけだ。

それでも春馬《はるま》は、寸前《すんぜん》でためらった。

心臓《しんぞう》が、早鐘《はやがね》のようだ。
指《ゆび》を曲《ま》げて液体《えきたい》に入《い》れないというので、本当《ほんとう》にいいのかな?
よーく考《かんが》えるんだ。
こんな簡単《かんたん》な方法《ほうほう》で、逃《のが》れられるはずがない。
でも、単純《たんじゅん》な方法《ほうほう》というのは意外《いがい》と思《おも》いつかないのかもしれない。
でもでも、それもすべて計算《けいさん》の内《うち》だとしたら。
でもでもでも……、あぁ、どうすればいいんだ。
こうなったら、直感《ちょっかん》だ。
マギワに言《い》われた通《とお》り春馬《はるま》は、覚悟《かくご》を決《き》めて黒《くろ》い液体《えきたい》に人差《ひとさ》し指《ゆび》を入《い》れた。
ぬるっと湿《しめ》った感触《かんしょく》がある。指《ゆび》に黒《くろ》い液体《えきたい》がついたはずだ。
「そしたら、1人《ひとり》ずつ『嘘《うそ》はついてまへん』と言《い》

ってや」
前《まえ》の席《せき》に座《すわ》った麗華《れいか》から順番《じゅんばん》に「嘘《うそ》はついていません」と言《い》っていく。
そして、春馬《はるま》の順番《じゅんばん》になる。
心臓《しんぞう》が、胸《むね》を破《やぶ》って飛《と》びだしそうだ。
「ううう……嘘《うそ》はついていません」
どうにでもなれという気持《きも》ちで言《い》った。
そして、7人《にん》が言《い》い終《お》わる。
「みんな、指《ゆび》をあげてもええよ」
マギワに言《い》われて、全員《ぜんいん》が指《ゆび》をあげる。
春馬《はるま》も指《ゆび》をあげた。
予想《よそう》はしていたが、人差《ひとさ》し指《ゆび》は真《ま》っ黒《くろ》だ。
終《お》わりだ。
これでゲーム・オーバー。
そして、ぼくは殺《ころ》される。

8 意外《いがい》な裏切《うらぎ》り者《もの》

「———えっ、どうしたんだ！　みんな、真っ黒じゃないか!!」

大《おお》きな声《こえ》を出《だ》したのは直人《なおと》だ。

なになになに……。みんな、真《ま》っ黒《くろ》だって？

春馬《はるま》がまわりを見《み》た。

未奈《みな》も、麗華《れいか》も、草太《そうた》も、亜久斗《あくと》も、カツエも、人差《ひとさ》し指《ゆび》が黒《くろ》くなっている。

黒《くろ》くないのは直人《なおと》だけだ。

「嘘《うそ》をついてないのは、ぼくだけ……!?　みんな、嘘《うそ》をついてたの!?　そんなまさか！」

直人《なおと》が興奮《こうふん》して話《はな》しつづける。

ほかの６人《にん》は言葉《ことば》も出《で》ない。

「信《しん》じられないよ。でもこれで、ぼくが１億円《おくえん》を手《て》にするんだよね。うれしいな。やった！」

マギワは冷《つめ》たい目《め》をしている。

「第《だい》3ゲームの脱落者《だつらくしゃ》はあんたや。……浅野直人《あさのなおと》」

はっ？？？

なにがおきたのかわからず、春馬《はるま》はぽかんとした顔《かお》をした。

それは、ほかの者《もの》も同《おな》じだ。

「みんなが指《ゆび》を入《い》れたのは『嘘発見液《うそはっけんえき》』なんかやない。そんな液体《えきたい》は、ないんや」

マギワの説明《せつめい》に、春馬《はるま》は納得《なっとく》がいかない。

それなら、どうして直人《なおと》の指《ゆび》に液体《えきたい》がつかなかったんだ!?

……あっ、もしかして！

春馬《はるま》はようやく、からくりに気《き》がついた。

「どういうことですか？　ぼくは嘘《うそ》をついていませんよ。指《ゆび》だって、ほら」

直人《なおと》は、きれいな人差《ひとさ》し指《ゆび》を誇《ほこ》らしげに見《み》せた。

「それが証拠《しょうこ》なんや、直人《なおと》。みんなに配《くば》ったのは、ただの墨汁《ぼくじゅう》や」

「墨汁《ぼくじゅう》だって!?」

マギワの説明《せつめい》に、直人《なおと》は信《しん》じられないという顔《かお》をする。

「墨汁《ぼくじゅう》に指《ゆび》をつけると、黒《くろ》くなるのはあたりまえや。黒《くろ》くなってないのは、液《えき》に指《ゆび》をつけなかったからや。あんた、指《ゆび》を入《い》れるふりをして曲《ま》げたんやろう？」

春馬《はるま》の背中《せなか》に、汗《あせ》が流《なが》れた。

——トラップだったんだ。

危《あぶ》なく、引《ひ》っかかるところだった。

「なぁ、直人《なおと》。どうして指《ゆび》をつけなかったんや？」

「それは……」

直人《なおと》は言《い》いかえせない。

「ウチが教《おし》えたろうか。それは、嘘《うそ》をついているからや。そうやろ？」

マギワに問《と》い詰《つ》められて、直人《なおと》の顔色《かおいろ》がみるみる青《あお》ざめていく。

「ぼくは……だまされたのか」

「人《ひと》をだまそうとするから、逆《ぎゃく》に自分《じぶん》がだまされるんや。策士《さくし》策《さく》に溺《おぼ》れるというやろ」

「……知《し》ってるってこと？」

直人《なおと》は今《いま》までとはちがう低《ひく》い声《こえ》で言《い》った。

「ぜーんぶ、お見通《みとお》しやでぇ」

春馬《はるま》にはさっぱり意味《いみ》がわからない。

「直人《なおと》、どういうこと？」

春馬《はるま》が聞《き》くと、直人《なおと》は異常《いじょう》な声《こえ》で笑《わら》いだす。

どうしたんだろう。脱落《だつらく》と言《い》われて、おかしくなったのかな？

「へへへへ……。秀介《しゅうすけ》、おまえってお人好《ひとよ》しだな」

「えっ？」

春馬《はるま》には、まだなにがおきているのかわからない。

「あと少《すこ》しで1億円《おくえん》が手《て》に入《はい》ったのに……。亜久斗《あくと》のせいで……計画《けいかく》が台無《だいな》しだ……」

「直人《なおと》、どういうことだ？」

「ぼくはもう終《お》わりだ……。殺《ころ》されるんだ」

直人《なおと》の耳《みみ》に、春馬《はるま》の質問《しつもん》は届《とど》いてない。代《か》わってマギワが答《こた》える。

「ぜーんぶ、嘘《うそ》やったんや。浅野直人《あさのなおと》の父《とう》ちゃんは、会社経営《かいしゃけいえい》なんてしてへんのや」

みんながどよめく。

「……ぼくのパパは詐欺師《さぎし》だ。人《ひと》をだまして金《かね》を奪《うば》うのが仕事《しごと》なんだ。ぼくは立派《りっぱ》に親《おや》の才能《さいのう》をうけついだわけだよ。へへへへ……」

「直人《なおと》は、ぼくたちをだましていたの？」

「へへへ……そうだよ。悪《わる》かったねぇ」

「でも、螺旋塔《らせんとう》で、ぼくと未奈《みな》を助《たす》けてくれたよね」

「おまえって、ほんとにバカだなぁー！」

「えっ？」

「おまえたちを助《たす》けたわけじゃねぇーよ！　スポーツ万能《ばんのう》の猛士《たけし》と、成績優秀《せいせきゆうしゅう》の文子《ふみこ》は強敵《きょうてき》だ。だから、はやい段階《だんかい》で脱落《だつらく》させておきたかっただけだ。協力《きょうりょく》、ありがとうよ」

信《しん》じられない。

これが、直人《なおと》の本心《ほんしん》だなんて……。

「お金《かね》をわたしたら、あとで1億円《おくえん》をくれるというのも、嘘《うそ》なの？」

未奈《みな》が怖《こわ》い顔《かお》で聞《き》いた。

「そんな話《はなし》、この世界《せかい》にあるわけないだろ！　金《かね》をもらったらバイバイだ」

未奈《みな》は歯《は》を食《く》いしばって怒《いか》りをおさえている。

「おまえ、妹《いもうと》を助《たす》けたいんだよなぁ」

「だから、なによ」

「泣《な》けるねぇ。でもぼく、そういうくっさぁーい話《はなし》は、大《だい》っ嫌《きら》いなんだよ！」

べーっと舌《した》を出《だ》した直人《なおと》に、未奈《みな》はがまんの限界《げんかい》を超《こ》した。

「ゆるせない！」

未奈《みな》は顔《かお》を真《ま》っ赤《か》にして直人《なおと》にむかっていく。

「未奈《みな》、暴力《ぼうりょく》はダメだ！　失格《しっかく》になる！」

春馬《はるま》がさけんだが、間《ま》に合《あ》わない。

「浅野直人《あさのなおと》、失格《しっかく》や！」

マギワが早口《はやくち》で言《い》った次《つぎ》の瞬間《しゅんかん》、未奈《みな》の平手《ひらて》が直人《なおと》のほおを直撃《ちょくげき》した。

ああ、やってしまった。

春馬《はるま》は頭《あたま》を抱《かか》えた。

「いってぇ……」

と言《い》いながら、直人《なおと》は笑《わら》っている。

「へへへへ……、地獄《じごく》への道連《みちづ》れができたぞ。おまえも暴力《ぼうりょく》で失格《しっかく》だ！　くすくすくす……」

春馬《はるま》も堪忍袋《かんにんぶくろ》の緒《お》が切《き》れた。

「ぼくだって、おまえはゆるせない！」

直人《なおと》にむかっていこうとした春馬《はるま》だが、足《あし》もとでバチンと火花《ひばな》が散《ち》った。

「うわっ！」

マギワがムチをふるったのだ。

「あんま騒《さわ》がんといてや。鬼崎《おにざき》、はよう浅野直人《あさのなおと》を連《つ》れてって」

マギワに命令《めいれい》されて、鬼崎《おにざき》が直人《なおと》を連《つ》れていこうとする。

「待《ま》てよ、あいつも失格《しっかく》だろう!?」

直人《なおと》が未奈《みな》を指《ゆび》さす。

「なんでや？　彼女《かのじょ》は嘘《うそ》はついてへんで？」

「あいつはぼくを叩《たた》いた。暴力《ぼうりょく》は失格《しっかく》ってルールだろ!?」

くやしいけど直人《なおと》の言《い》うとおりだ。

彼女《かのじょ》はルール違反《いはん》をした。

「なんや、そんなことか。彼女《かのじょ》は暴力《ぼうりょく》をふるったようやけど、それはアンタが脱落《だつらく》したあとや。脱落者《だつらくしゃ》は、ここにはいない存在《そんざい》や。いないものを叩《たた》いても暴力《ぼうりょく》にはならへん。そうやろ」

「なんだって!?」

マギワに食《く》ってかかる直人《なおと》を、鬼崎《おにざき》はひょいと肩《かた》にかつぐ。

「あいつも失格《しっかく》のはずだ！　そうだろ!?」

鬼崎《おにざき》が、騒《さわ》ぐ直人《なおと》をかついで部屋《へや》を出《で》ていく。

「おとなしそうな少年《しょうねん》やと思《おも》ったのに、人《ひと》は見《み》かけによらんなぁ。みんなももっと、気《き》いつけなあかんでぇー」

言《い》い終《お》わると、マギワは口《くち》に人差《ひとさ》し指《ゆび》を当《あ》てて、静《しず》かにするようにという仕草《しぐさ》をした。

なんだろう？

しーんとした館《やかた》の奥《おく》から、直人《なおと》の絶叫《ぜっきょう》が聞《き》こえてきた。

「いやだぁ……、やめてくれぇ。助《たす》けてぇぇぇぇ……」

春馬《はるま》は全身《ぜんしん》に鳥《とり》はだがたった。

あの声《こえ》はただごとじゃない。直人《なおと》になにがおきたんだ？

悲鳴《ひめい》が聞《き》こえなくなると、重苦《おもくる》しい沈黙《ちんもく》になった。

「第《だい》3ゲーム、思考力《しこうりょく》テストは終了《しゅうりょう》や。脱落者《だつらくしゃ》、浅野直人《あさのなおと》。残《のこ》ったのは上山秀介《うえやましゅうすけ》、滝沢未奈《たきざわみな》、桐島麗華《きりしまれいか》、小山草太《おやまそうた》、三国亜久斗《みくにあくと》、竹井《たけい》カツエの6人《にん》や。**1人《ひとり》あたりの賞金《しょうきん》は約《やく》1666万円《まんえん》**やな」

マギワが言《い》うが、6人《にん》は呆然《ぼうぜん》としている。

「そうや、これ捨《す》てておいてな」

マギワは持《も》ってきたテスト用紙《ようし》を、麗華《れいか》にわたして出《で》ていく。

春馬《はるま》はもやもやしていた。

やさしかった直人《なおと》が、じつはぼくたちをだましていた。

ゆるせない。でも、そんな彼《かれ》も殺《ころ》された。

嘘《うそ》をついただけで殺《ころ》されるなんて、あんまりじゃないか。

「これって、どういうことですの？」

テスト用紙《ようし》をわたされた麗華《れいか》が言《い》った。

「白紙《はくし》ですのよ。これ、なにも書《か》いてませんの」

麗華《れいか》がテスト用紙《ようし》をみんなに見《み》せる。

ただの白《しろ》い紙《かみ》だ。

「どういうことだ？」

春馬《はるま》は首《くび》をひねった。

「ままま……、まちがえて、ただの白《しろ》い紙《かみ》を持《も》ってきたんじゃないですか」

草太《そうた》が言《い》うが、「いいや、ちがうな」と春馬《はるま》は否定《ひてい》した。

マギワはそんなミスはしないだろう。

それに、用紙《ようし》をおいていったのも変《へん》だ。

「もしかして、最初《さいしょ》からテストはなかったのか。いや、そんなことが……でも……」

春馬《はるま》はつぶやきながら考《かんが》える。

黙《だま》っているより自問自答《じもんじとう》したほうが、考《かんが》えがまとまるからだ。

「なにをぶつぶつとおっしゃっているの？」

そう言《い》いながら、麗華《れいか》が春馬《はるま》の前《まえ》にやってきた。

薄暗《うすぐら》い照明《しょうめい》の下《した》、青白《あおじろ》い顔《かお》の彼女《かのじょ》は可憐《かれん》で魅力的《みりょくてき》だ。

春馬《はるま》は以前《いぜん》に読《よ》んだミステリー小説《しょうせつ》を思《おも》いだした。

主人公《しゅじんこう》の探偵《たんてい》に、美《うつく》しい女性《じょせい》の依頼人《いらいにん》がやってくる話《はなし》だ。

あの小説《しょうせつ》、犯人《はんにん》は依頼人《いらいにん》の女性《じょせい》だった。

「どうなさいましたの？」と麗華《れいか》が聞《き》いた。

「あぁ、そうだった。マギワさん、第《だい》3ゲームは思考力《しこうりょく》テストだって言《い》ってたよね」

「確《たし》かに、そうおっしゃっていましたわ」

『嘘発見液《うそはっけんえき》』が、思考力《しこうりょく》テストだったんだ」

「どういうことですの？　わかりやすく説明《せつめい》してくださらない？」

「説明《せつめい》は得意《とくい》じゃないんだけど……」

「おねがいしますわ」

麗華《れいか》が顔《かお》をのぞきこんでくる。

美少女《びしょうじょ》に見《み》つめられて、春馬《はるま》はドキリとなる。

「それじゃ、ぼくの考《かんが》えを言《い》うよ」

麗華《れいか》だけではなく、草太《そうた》やカツエも興味《きょうみ》があるようだ。

「だれだって、多少《たしょう》の嘘《うそ》をついているだろう」

「あたしはなにもついてない」

未奈《みな》が言《い》いかえした。

「そういう人《ひと》もいるけど、少《すこ》しでもうしろめたいことがあったら嘘発見液《うそはっけんえき》から逃《のが》れたいはずだ」

実際《じっさい》、ぼくがそうだった。

『嘘発見液《うそはっけんえき》』は、悪賢《わるがしこ》い人間《にんげん》は、直人《なおと》のように指《ゆび》を曲《ま》げて逃《のが》れようとする。でも、賢《かしこ》い人間《にんげん》だったら、罠《わな》だと気《き》づいて液《えき》に指《ゆび》を入《い》れる」

「悪賢《わるがしこ》い人《ひと》を見《み》つけるゲームだったわけですのね」

「そういうことだ」

「ところで、賢《かしこ》くない人《ひと》はどうなるんですの？」

「そういう人《ひと》は、すなおに液《えき》に指《ゆび》を入《い》れて黒《くろ》くなる。結果《けっか》は賢《かしこ》い人《ひと》と同《おな》じだ」

「わかりましたわ。ひとこと言《い》わせてもらいますと、わたくしは嘘《うそ》はついていませんのよ。それで、迷《まよ》うことなく指《ゆび》を入《い》れたんですのよ」

そう言《い》うと、麗華《れいか》は部屋《へや》を出《で》ていった。

「じじじ……自分《じぶん》は愚《おろ》かじゃないと、いい……言《い》いたかったようですね」

草太《そうた》がにやにやしながら言《い》った。

「おおお……愚《おろ》かでも、かわいければ、ぼくは好《す》きだけど……」

「バカじゃん。きれいな顔《かお》なんて、ただの生《う》まれつきじゃねぇか」

カツエはそう言《い》うと、不機嫌《ふきげん》そうな顔《かお》で部屋《へや》を出《で》ていった。

❾ だれも信《しん》じられない

部屋《へや》にもどった春馬《はるま》は、ベッドに寝《ね》ころがった。

このあとの予定《よてい》は聞《き》いていないが、なにかあったらマギワが呼《よ》びにくるだろう。

「いつもなら、こんな時間《じかん》に眠《ねむ》くないんだけどな」

命《いのち》をかけたゲームは想像以上《そうぞういじょう》に体力《たいりょく》を奪《うば》う。

それに、精神的《せいしんてき》なダメージも大《おお》きい。

ここあ、猛士《たけし》、文子《ふみこ》、直人《なおと》の4人《にん》が脱落《だつらく》した。彼《かれ》らは殺《ころ》された。

次《つぎ》は、ぼくかもしれないんだ。

どうすれば無事《ぶじ》に帰《かえ》れるかな。大会《たいかい》を終了《しゅうりょう》させられたらいいんだけど……。

春馬《はるま》が考《かんが》えていると、ドアがノックされた。

「だれだろう？」

ドアを開《あ》けると、麗華《れいか》が立《た》っている。

「おじゃましてもよろしいかしら？」

「あっ、うん。どうぞ……」

部屋《へや》に入《はい》ってきた麗華《れいか》は、ソファーに座《すわ》ると大《おお》きなため息《いき》をついた。

「この館《やかた》、長居《ながい》をしたら危険《きけん》だと思《おも》いますのよ」

あらためて言《い》われなくても、十分《じゅうぶん》にわかっている。

「ぼくに、なにか用事《ようじ》？」

「もちろん、用事《ようじ》があるから、でむいてまいりましたのよ」

でむいたというほどの距離《きょり》じゃないだろう。

「それで、どういう用事《ようじ》？」

「その態度《たいど》はどういうことですの？　もしかして、わたくしの訪問《ほうもん》が迷惑《めいわく》でした？」

本当《ほんとう》は迷惑《めいわく》だった。

1人《ひとり》で考《かんが》えていたかった。でも、言《い》えないよな。

「いや、迷惑《めいわく》だなんてことは……」

「そうですわよね。わたくしのような美少女《びしょうじょ》が部屋《へや》を訪《たず》ねてきて、迷惑《めいわく》なわけありませんわよね」

「はやく用事《ようじ》を教《おし》えてもらえないかな」

「せっかちですわね。まぁ、いいでしょう。用事《ようじ》というのは……」

「うん」

「この大会《たいかい》を終《お》わらせてくださらない？」

「えっ、ぼくが？」

「あなたなら、みなさんを説得《せっとく》できると思《おも》うのよ」

「そうしたいけど、難《むずか》しいかな」

「どうしてですの？」

「未奈《みな》は1億円《おくえん》が必要《ひつよう》みたいだし」

「あの人《ひと》は思《おも》い込《こ》みが激《はげ》しそうですわね。わたくしも苦手《にがて》ですわ」

春馬《はるま》は腕組《うでぐ》みをした。

「わたくし、ここから無事《ぶじ》に出《で》られるなら……。もう、お金《かね》はいりませんわ」

「映画《えいが》を作《つく》るんじゃないの？」

「死《し》んだら元《もと》も子《こ》もありませんでしょ。ゲームが終《お》わるなら彼女《かのじょ》にお金《かね》をさしあげてもいいわ」

「お金《かね》をわたすと言《い》っても、おそらく彼女《かのじょ》は信《しん》じないよ」

「どうしてですの？」

「一番信頼《いちばんしんらい》していた直人《なおと》が嘘《うそ》つきだったから、もうだれも信用《しんよう》しないいんじゃないかな」

「あなたなら、なんとかできるんじゃありませんの？」

なんで、そんなふうに思《おも》うんだろう。

「ムリだよ」

春馬《はるま》が断《こと》わると、麗華《れいか》が目《め》に涙《なみだ》をためる。

「そこをなんとかしてくださらない？　……このままなら、わたくしは死《し》んでしまいます」

麗華《れいか》が涙《なみだ》を流《なが》しながら訴《うった》える。

こまった。目《め》の前《まえ》で女子《じょし》に泣《な》かれるなんて、はじめてだ。

しかも、こんな美少女《びしょうじょ》に。

「わかったよ。たのむだけたのんでみるから」

「本当《ほんとう》？　本当《ほんとう》におねがいできます？」

あれ、泣《な》いていたはずが笑顔《えがお》になっている。嘘泣《うそな》きというか、芝居《しばい》だったのか？

自称《じしょう》、女優《じょゆう》だからな。

「それでは、おねがいしますわね」

ぼくは利用《りよう》されたみたいだ。

「では、まいりましょう」

麗華《れいか》に言《い》われて、春馬《はるま》は部屋《へや》を出《で》た。


「いやよ」

未奈《みな》は無愛想《ぶあいそう》に言《い》った。

「そこをなんとか……。このままゲームをつづけたら、みんな、殺《ころ》されちゃうよ」

春馬《はるま》が言《い》うが、未奈《みな》の冷《つめ》たい態度《たいど》は変《か》わらない。

「あなたって、本当《ほんとう》にお人好《ひとよ》しね。あの女《おんな》にたのまれたんでしょう」

未奈《みな》は廊下《ろうか》のすみにかくれている麗華《れいか》を指《ゆび》さした。

「たのまれたのは確《たし》かだけど、大会《たいかい》を終《お》わらせたい気持《きも》ちは同《おな》じだ」

「あたしはもうだまされない。あの女《おんな》もなにを考《かんが》えているのか、あやしいわ」

「本当《ほんとう》にいいの？」

ドアを閉《し》めようとした未奈《みな》に、春馬《はるま》が言《い》った。

「ゲームで負《ま》けたら、きみだって死《し》ぬかもしれないんだよ。そうしたら妹《いもうと》を助《たす》けることは……」

「――小学生《しょうがくせい》が命《いのち》をかけずに1億円《おくえん》を手《て》に入《い》れる方法《ほうほう》がほかにあるなら、教《おし》えて」

ピシャリと、未奈《みな》がさえぎる。

その目《め》はかたい決意《けつい》に満《み》ちていた。

絶対《ぜったい》に、説得《せっとく》できそうにない。

「……わかったよ。それなら、おたがい……」

がんばろうと言《い》う前《まえ》に、未奈《みな》はバタンとドアを閉《し》めた。

「……なんだよ。人《ひと》の話《はなし》は最後《さいご》まで聞《き》くようにって教《おそ》わらなかったのか」

部屋《へや》にもどろうとした春馬《はるま》の前《まえ》に、麗華《れいか》がやってくる。

「ダメだったようですわね」

「この状況《じょうきょう》だったら、だれでも疑《うたぐ》りぶかくなるよ」

「しかたありませんわ」

もどろうとした麗華《れいか》だが、未奈《みな》の『206』という部屋番号《へやばんごう》を見《み》て首《くび》をひねる。

「どうかしたの？」

「206号室《ごうしつ》ですわ」

「そうだよ。ぼくは203号室《ごうしつ》だ」

「おかしいわね。わたくしの部屋《へや》は888号室《ごうしつ》ですのよ」

「208じゃないの？」

「ここですわ」

麗華《れいか》の部屋《へや》の前《まえ》にいく。ドアに『888』とプレートがついている。

となりは『207』なのに、麗華《れいか》の部屋《へや》だけ、なぜか『888』だ。

「どうして、8が3つなんだ？」

春馬《はるま》が考《かんが》えていると、マギワがやってくる。

「夕食《ゆうしょく》の時間《じかん》や。1階《かい》の食堂《しょくどう》、デ、ー、ニ、ン、グ、ルームに集《あつ》まってや」

「マギワさん、どうしてここだけ888号室《ごうしつ》なんですか？」

「それは……、知《し》らん。それより、夕食《ゆうしょく》やで」

マギワはほかの部屋《へや》に知《し》らせにいく。

⑩ 毒入《どくい》り料理《りょうり》を見《み》つけだせ！

ドアにかけられているプレートには『ダイイングルーム』と書《か》かれている。

それを確認《かくにん》して、春馬《はるま》は食堂《しょくどう》に入《はい》った。

10の席《せき》は4席空《せきあ》いて、春馬《はるま》、未奈《みな》、麗華《れいか》、草太《そうた》、亜久斗《あくと》、カツエの6人《にん》だけだ。

「……書《か》きまちがいじゃなかったんだ」

春馬《はるま》がつぶやいた。

「どういうことですの？」

となりの席《せき》に座《すわ》った麗華《れいか》が聞《き》いた。

「ドアのプレートが『ダイイングルーム』になっているんだ」

「直訳《ちょくやく》しますと、死《し》にかけの部屋《へや》ですわね」

「ミステリー小説《しょうせつ》に『ダイイングメッセージ』って言葉《ことば》があるんだ。被害者《ひがいしゃ》が死《し》のまぎわに……」

「ウチのこと呼《よ》んだぁ？」

マギワが部屋《へや》に入《はい》ってきた。

「今《いま》、死野《しの》マギワって言《い》ったやろ」

「そうだけど、そうじゃありません。ダイイングメッセージの話《はなし》をしていたんです」

「死《し》のまぎわに書《か》かれたメッセージのことやな。そして、この部屋《へや》は『ダイイングルーム』で『死《し》のまぎわの部屋《へや》』という意味《いみ》や。実際《じっさい》、宮野《みやの》ここあにはそうなったわけや」

春馬《はるま》が言《い》おうとしたことを、マギワが横取《よこど》りした。

「それで、ドアのプレートはまちがいじゃなかったというわけですのね」

麗華《れいか》が納得《なっとく》する。

春馬《はるま》たちが話《はなし》をしていると、怨田《おんだ》と鬼崎《おにざき》がメニューを配《くば》る。

①イタリア風《ふう》の本格《ほんかく》ピザ
②旬《じゅん》の魚《さかな》を使《つか》った江戸前寿司《えどまえずし》
③博多名物《はかためいぶつ》の豚骨《とんこつ》アーメン
④肉汁《にくじゅう》たっぷりの最高級《さいこうきゅう》のハンバーグ
⑤昔《むかし》ながらのオムライス
⑥牛肉《ぎゅうにく》がごろごろ入《はい》ったカレーライス
⑦最高級《さいこうきゅう》の鶏肉《とりにく》を使用《しよう》した唐揚《からあ》げ定食《ていしょく》

☆料理《りょうり》はそれぞれ1人分《ひとりぶん》しか用意《ようい》していません
☆2人《ふたり》が同《おな》じものを注文《ちゅうもん》することはできません

昼《ひる》のメニューとはところどころちがっている。

「第《だい》4ゲーム、洞察力《どうさつりょく》を試《ため》すゲームのスタートやぁぁぁぁ」

マギワがいつもの元気《げんき》で言《い》う。

「これもゲームか」と春馬《はるま》。

「この中《なか》に、毒入《どくい》りが1つあるから気《き》をつけてな」

マギワは怖《こわ》いことを平気《へいき》な顔《かお》で言《い》った。

春馬《はるま》はメニューに視線《しせん》を落《お》とす。

6人《にん》に7つの料理《りょうり》。毒入《どくい》りが1つか……。

「ぼぼぼ……ぼく、まだおなか、すいてないな……」

そう言《い》った草太《そうた》だが、おなかがグーと鳴《な》った。

「嘘《うそ》つきは脱落《だつらく》や」とマギワが笑顔《えがお》で言《い》った。

「えええええっ……、でででで……でも……、ぼぼぼ……ぼく……」

草太《そうた》は激《はげ》しく動揺《どうよう》する。

「冗談《じょうだん》や。それより、選《えら》べないようなら、ウチが選《えら》んでやろうか？」

「そそそ……それは……じじじ……自分《じぶん》で選《えら》べます」

そのとき、外《そと》で雷鳴《らいめい》が轟《とどろ》いた。

「うわぁ、ウチは雷《かみなり》は苦手《にがて》や」

マギワがうんざりしたように言《い》った。

ザーッと激《はげ》しい雨《あめ》が降《ふ》ってくる。

「天気予報《てんきよほう》は晴《は》れと言《い》うてたのに、山《やま》の天気《てんき》は変《か》わりやすいなぁ」

外《そと》を見《み》たマギワは、うかない顔《かお》をしている。

「雨《あめ》が嫌《きら》いなんですか？」と春馬《はるま》が聞《き》く。

「えっ、なんや？」

マギワはとりつくろうように笑《わら》った。

春馬《はるま》はそれが妙《みょう》に気《き》になった。

「雨《あめ》が降《ふ》ると、都合《つごう》の悪《わる》いことでもあるんですか？」

「いいや。それより、はよう料理《りょうり》を決《き》めてな」

春馬《はるま》は首《くび》をひねりながら、メニューを見《み》た。

「ぼぼぼ……ぼく、くじ運《うん》は悪《わる》いんだよ……」

草太《そうた》が頭《あたま》を抱《かか》えている。

「運《うん》なら、ぼくも悪《わる》い。あれっ？　それなら、おかしいぞ」

春馬《はるま》が考《かんが》えこむ。

「なにか気《き》になるの？」と聞《き》いたのは未奈《みな》だ。

「どの料理《りょうり》に毒《どく》が入《はい》っているかわからないなら、**洞察力**ではなく**運**だ」

そう言《い》って春馬《はるま》はマギワを見《み》た。彼女《かのじょ》はそっぽをむく。

「──そうか。やっぱり、そうなんだ」

「ねえ、1人《ひとり》で納得《なっとく》しないで、みんなにも説明《せつめい》して」

未奈《みな》に言《い》われて、春馬《はるま》は顔《かお》をあげて説明《せつめい》する。

「洞察力《どうさつりょく》のテストなら、よーく観察《かんさつ》したら毒入《どくい》りがどれかわかるってことだ」

「それで、どれが毒入《どくい》りなの？」

すかさず未奈《みな》が質問《しつもん》した。

「うん、問題《もんだい》はそれなんだよな」

春馬《はるま》は考《かんが》える。

勉強《べんきょう》は苦手《にがて》だけど、クイズやなぞなぞなら得意《とくい》だ。これは、なぞなぞみたいなものだ。

「わかりましたわ！」

麗華《れいか》が大《おお》きな声《こえ》を出《だ》した。

「料理《りょうり》の匂《にお》いですわ。毒入《どくい》りはきっと臭《くさ》いんですわ」

「それだと、料理《りょうり》をたのんだあとじゃないとわからないでしょ」

未奈《みな》が言《い》うと、麗華《れいか》は口《くち》をとがらせる。

「料理《りょうり》をたのむ前《まえ》に、毒入《どくい》りを見《み》つける方法《ほうほう》があるはずだ」

「そうだとしたら、メニューじゃないの」

そうか、昼食《ちゅうしょく》はサンドイッチが毒入《どくい》りだった。

昼食《ちゅうしょく》のメニューのサンドイッチの部分《ぶぶん》を見《み》れば、ヒントがあるかもしれない。

「マギワさん、昼食《ちゅうしょく》のメニューを見《み》せてもらえませんか？」

マギワは怨田《おんだ》に指示《しじ》して、昼《ひる》のメニューを持《も》ってこさせた。

⑦博多名物《はかためいぶつ》の豚骨《とんこつ》ラーメン
②ご飯《はん》がパラパラの高級《こうきゅう》チャーハン
③牛肉《ぎゅうにく》がごろごろ入《はい》ったカレーライス
④こだわりの豚肉《ぶたにく》を使《つか》ったかつ丼《どん》
⑤最高級《さいこうきゅう》の鶏肉《とりにく》を使用《しよう》した唐揚《からあ》げ定食《ていしょく》
⑥イタリア風《ふう》の本格《ほんかく》ピザ
⑦肉汁《にくじゅう》たっぷりの最高級《さいこうきゅう》のハンバーグ
⑧昔《むかし》ながらのオムライス
⑨旬《しゅん》の野菜《やさい》と海老《えび》の天丼《てんどん》
⑩名門店《めいもんてん》のそば
⑪ヘルシーで女性《じょせい》に人気《にんき》のサンドクイッチ
☆料理《りょうり》はそれぞれ1人分《ひとりぶん》しか用意《ようい》していません
☆2人《ふたり》が同《おな》じものを注文《ちゅうもん》することはできません

「毒入《どくい》りは⑪のサンドイッチだったな」

春馬《はるま》はメニューを確認《かくにん》して、はっとなった。

「これサンドイッチじゃないぞ！」

「サンドクイッチになってるわ」

同時《どうじ》に気《き》がついた未奈《みな》が言《い》った。

「ドク《毒》が入《はい》ってたわけか。それなら……」

春馬《はるま》は夕食《ゆうしょく》のメニューを見《み》た。

ほかの参加者《さんかしゃ》も、メニューをのぞきこむ。

しかし、料理《りょうり》にドクの文字《もじ》が入《はい》ったものはない。

「アタリは③だわ！」

最初《さいしょ》に見《み》つけたのは未奈《みな》だ。春馬《はるま》も気《き》がついた。

「ラーメンのどこに毒《どく》が入《はい》っているんですの？」と麗華《れいか》が聞《き》いた。

「よく見《み》て、これはラーメンじゃない。アーメンだ」

メニューは達筆《たっぴつ》で読《よ》みにくいが、『③博多名物《はかためいぶつ》の豚骨《とんこつ》アーメン』になっている。

「アーメンはキリスト教徒《きょうと》が祈《いの》りの最後《さいご》に言《い》う言葉《ことば》だ。だから、これを食《た》べたら命《いのち》がなくなって、アーメンって言《い》われるということだ」

「あんたら、はよ、決《き》めてや」

マギワがいらだったように言《い》った。

そのとき、**グ――ッ**という音《おと》が部屋《へや》に響《ひび》いた。

音《おと》のぬしは、カツエの胃袋《いぶくろ》だった。

「な、なによ。腹《はら》がへってるのよ！　本当《ほんとう》に、ラーメン以外《いがい》ならだいじょうぶなんだろうね!?」

アタリは『③博多名物《はかためいぶつ》の豚骨《とんこつ》アーメン』だ。まちがいない。

でも、いざ注文《ちゅうもん》するには度胸《どきょう》がいる。はずれていたら毒入《どくい》りを食《た》べることになる。

「……そうだと思《おも》うけど」

「はよう決《き》めてぇーな。タイムオーバーで失格《しっかく》にするでぇ。制限時間《せいげんじかん》はあと1分《ぷん》や」

いきなり言《い》われて、みんなの目《め》の色《いろ》が変《か》わる。

「あたしの長所《ちょうしょ》は度胸《どきょう》と直感力《ちょっかんりょく》。④の最高級《さいこうきゅう》のハンバーグ」

未奈《みな》が腹《はら》をくくって言《い》った。

「ぼくも度胸《どきょう》をみせないとな。⑥のカレーライスにするよ」

春馬《はるま》が言《い》うと、みんなもつぎつぎと料理《りょうり》をたのむ。

「わたくしはピザ」と麗華《れいか》。

「ぼぼぼ……ぼくはオムライス」と草太《そうた》。

「唐揚《からあ》げ定食《ていしょく》をちょうだい」とカツエ。

「……寿司《すし》で」と亜久斗《あくと》。

すぐに、怨田《おんだ》と鬼崎《おにざき》が料理《りょうり》を運《はこ》んでくる。
みんなのおなかの鳴《な》る音《おと》が聞《き》こえるが、それでも、食《た》べるのをためらっている。
「たのんだものは残《のこ》さないで食《た》べなー、あかんでぇ」
マギワに言《い》われて、6人《にん》は覚悟《かくご》を決《き》めて料理《りょうり》を口《くち》に運《はこ》ぶ。
料理《りょうり》はくわしくないけど、春馬《はるま》のカレーには高級《こうきゅう》な食材《しょくざい》が使《つか》われているようだ。
香《かお》りもいいし、食感《しょっかん》だっていい、味《あじ》も最高《さいこう》のはずだけど……。
おいしいとは思《おも》えない。
これなら、家族《かぞく》で食《た》べたファミレスのカレーライスのほうが100倍《ばい》もおいしい。
食事《しょくじ》は味《あじ》だけじゃないんだ。だれと食《た》べるか、どういう気持《きも》ちで食《た》べるかによるんだ。
また、家族《かぞく》であのファミレスにいきたい。
春馬《はるま》は両親《りょうしん》や友《とも》だちが懐《なつ》かしくなった。
みんなも同《おな》じ気持《きも》ちなのかな。
春馬《はるま》が視線《しせん》をあげると、ある人物《じんぶつ》がこちらを見《み》ていた。
三国亜久斗《みくにあくと》だ。
彼《かれ》は観察《かんさつ》するように、みんなを見《み》ている。

めだたない存在《そんざい》だけど、確実《かくじつ》にゲームで勝《か》ち残《のこ》っている。

あなどれない人物《じんぶつ》だ。


みんなが夕食《ゆうしょく》を食《た》べ終《お》わり、怨田《おんだ》と鬼崎《おにざき》が食器《しょっき》をかたづけていく。

だれも腹痛《ふくつう》にはならなかったし、倒《たお》れる者《もの》もいない。

「第《だい》4ゲームは、脱落者《だつらくしゃ》なしや！」

マギワが言《い》うと、みんなは安堵《あんど》の顔《かお》をする。

「毒入《どくい》りは③のアーメンやったんや。みんなの推理《すいり》は、完璧《かんぺき》やったでぇ」

春馬《はるま》は、安心《あんしん》すると体《からだ》の力《ちから》が抜《ぬ》けた。

「残《のこ》った6人《にん》の、**1人《ひとり》あたりの賞金《しょうきん》は約《やく》1666万円《まんえん》**と変《か》わらずや」

はじめて脱落者《だつらくしゃ》が出《で》ないゲームだったが、まだ安心《あんしん》はできない。

春馬《はるま》は気《き》をゆるめずに、マギワの話《はなし》を聞《き》く。

「今日《きょう》のゲームはここまでや。このあとは自由《じゆう》やけど、午後《ごご》8時《じ》に個室《こしつ》のドアがロックされるから、それまでに部屋《へや》にもどってや。ドアは翌朝《よくあさ》7時《じ》まで開《あ》かへんで。夜間《やかん》はウチが見《み》まわりするよって、もし、部屋《へや》の外《そと》にいたら……」

バチンと、マギワがムチをふるった。

「一発《いっぱつ》レッドカードで失格《しっかく》やから、肝《きも》に銘《めい》じてな。それと、夜《よる》はなにがおきてもこの館《やかた》から出《で》たらあかんでぇ。**外にはは悪魔がいるよってな**」

マギワは6人《にん》の顔《かお》をじっと見《み》る。

「上山秀介《うえやましゅうすけ》、滝沢未奈《たきざわみな》、桐島麗華《きりしまれいか》、小山草太《おやまそうた》、三国亜久斗《みくにあくと》、竹井《たけい》カツエ……。明日《あす》の健闘《けんとう》も祈《いの》るでぇ〜」

マギワは颯爽《さっそう》と部屋《へや》を出《で》ていった。

11 アナグラムを解《と》け

部屋《へや》にもどった春馬《はるま》は、リュックに入《はい》っていたお菓子《かし》を食《た》べながら考《かんが》えていた。

夕食《ゆうしょく》のカレーは毒《どく》が入《はい》っているかもしれなかったので、食《た》べた気《き》がしなかった。

「こっちのほうが、よほどおいしいな」

時計《とけい》が7時《じ》の鐘《かね》を鳴《な》らした。ドアがロックされるまで1時間《じかん》ある。

もう一度《いちど》、館《やかた》を調《しら》べてみたいな。

お菓子《かし》を食《た》べると、春馬《はるま》は廊下《ろうか》に出《で》た。

しーんと静《しず》まりかえっている。

自由行動《じゆうこうどう》の時間《じかん》だから、ビクビクすることはないんだけど緊張《きんちょう》する。

春馬《はるま》は、2階《かい》の廊下《ろうか》の窓《まど》から調《しら》べる。

どこもカギがかかっている。

外《そと》を見《み》ると、雨《あめ》はもうあがっていた。それでも、道《みち》はぐしゃぐしゃだ。
このゲームの仕掛《しか》け人《にん》がなにものかはわからないけど、用意周到《よういしゅうとう》な人物《じんぶつ》だ。
カギのかけ忘《わす》れや、抜《ぬ》け道《みち》があるとは思《おも》えない。それでも、確認《かくにん》はしておこう。
1階《かい》に下《お》りた。
ホール、食堂《しょくどう》、真実《しんじつ》の部屋《へや》を調《しら》べたが、外《そと》に出《で》られるところはない。
まだ時間《じかん》があるな。螺旋塔《らせんとう》までいってみよう。
暗《くら》いわたり廊下《ろうか》を歩《ある》くと、寒《さむ》くもないのに鳥《とり》はだが立《た》った。
これは肝試《きもだめ》しより、怖《こわ》いぞ。
それでも、螺旋塔《らせんとう》の下《した》までやってきた。
ゴーゴーと風《かぜ》の音《おと》が、塔《とう》の真《ま》ん中《なか》から聞《き》こえてくる。
怪獣《かいじゅう》がうなり声《ごえ》をあげているようだ。
「ここまでにしよう」
怖《こわ》くなった春馬《はるま》は、わたり廊下《ろうか》を引《ひ》きかえす。
歩《ある》いていると、廊下《ろうか》の窓《まど》になにかが映《うつ》った。
「なんだろう？」

春馬《はるま》が目《め》をこらして見《み》る。
なにか白《しろ》いものがある。
嘘《うそ》だろう。これって、もしかしてお化《ば》けか……。
逃《に》げだしたいが、足《あし》が震《ふる》えて動《うご》かない。
窓《まど》のむこうの白《しろ》いものは、どんどん大《おお》きくなる。
「あれ？」
春馬《はるま》は気《き》づいてしまった。
白《しろ》いものは窓《まど》のむこうにあるんじゃない。
窓《まど》ガラスに映《うつ》った顔《かお》だ。
その顔《かお》は、春馬《はるま》のうしろにいることになる。
どどど……どうしよう。
男《おとこ》は度胸《どきょう》だ。
春馬《はるま》はふりかえった。
そこにいたのは、亜久斗《あくと》だ。
「……なんだ、驚《おどろ》かすなよ」

お化《ば》けじゃなくて安心《あんしん》した春馬《はるま》だが、亜久斗《あくと》は無言《むごん》でいってしまう。

「無視《むし》かよ」

でも、彼《かれ》はいったい、どこからやってきたんだろう。

春馬《はるま》のうしろにいたということは、螺旋塔《らせんとう》にいたんだ。

あんな怖《こわ》いところに1人《ひとり》でいるなんて、なにものだよ。

「うわぁ、それよりもそろそろ時間《じかん》になるな」

春馬《はるま》はいそいで部屋《へや》にもどった。

ガチャリ
午後《ごご》8時《じ》、音《おと》をたてて、ドアがロックされた。

ドアノブをまわしても、もう開《あ》かない。

「閉《と》じこめられたみたいで、いやな感《かん》じだな」

ドアノブの下《した》に、古墳《こふん》のような形《かたち》のカギ穴《あな》がある。

「カギがあれば開《あ》けられるのかな」

でも、ドアを開《あ》けられても館《やかた》の外《そと》には出《で》られない。ここから逃《に》げだすのはムリだ。

やることがないので、春馬《はるま》はベッドに横《よこ》になった。

すると、ガタッという音《おと》がする。

部屋《へや》の中《なか》から聞《き》こえてきたけど、なんの音《おと》だろう？

おきあがって、部屋《へや》の中《なか》を見《み》た。

机《つくえ》の引《ひ》き出《だ》しが、前《まえ》に出《で》ている。

「おかしいな。さっきはカギがかかっていて開《あ》かなかったんだけど……」

引《ひ》き出《だ》しを見《み》ると、1通《つう》の封筒《ふうとう》が入《はい》っている。

「これはなんだ？」

封筒《ふうとう》の裏《うら》には『**どぼじろうのはまり**』と書《か》かれている。

中《なか》には手紙《てがみ》が入《はい》っていた。

ゲーム参加者《さんかしゃ》へ
耳寄《みみよ》りな情報《じょうほう》を教《おし》えちゃいます。
暗号《あんごう》を解読《かいどく》できたら、この館《やかた》から脱出《だっしゅつ》できるよ。
第《だい》1問《もん》『バーカくらま』

解読《かいどく》してみてね。


ゲームの次《つぎ》は、なぞなぞか。

暗号《あんごう》は『**バーカくらま**』ね。

参加者《さんかしゃ》にくらまという人《ひと》はいない。

くらま、ってなんだろ？

春馬《はるま》はじっと文字《もじ》を見《み》た。

「そうか、これはアナグラムだ」

文字《もじ》をならべかえればいいんだ。暗号《あんごう》の基本《きほん》だ。

春馬《はるま》は頭《あたま》の中《なか》で『**ば**』『**ー**』『**か**』『**く**』『**ら**』『**ま**』をならびかえる。

『くまばーから』『かばくまらー』『ばーかまくら』でもない。

そうか『まくらカバー』だ。

春馬《はるま》はベッドのまくらを手《て》にした。

裏《うら》がえすとカバーの模様《もよう》に文字《もじ》がかくされている。

「これも暗号《あんごう》みたいだな」

カバーにかくされている文字《もじ》は『**い**』『**た**』『**の**』『**す**』『**し**』だ。

「このまま読《よ》むと『板《いた》の寿司《すし》』だけど、これもアナグラムだな」

頭《あたま》の中《なか》で文字《もじ》をならびかえる。

『たいのすし』『すしいたの』『いのすした』『すのいした』じゃないな。

そうか『いすのした』だ。

春馬《はるま》は椅子《いす》の下《した》を見《み》た。

「あったぞ」

座板《ざいた》の下《した》にテープで紙《かみ》が貼《は》りつけてある。

広《ひろ》げて見《み》ると、この建物《たてもの》の1階《かい》の平面図《へいめんず》だ。

「なに!?」

平面図《へいめんず》には、階段《かいだん》の横《よこ》に矢印《やじるし》があって『**秘密《ひみつ》の出口《でぐち》**』と書《か》かれている。

「ここにドアがあったな。物置《ものおき》だと思《おも》ったけど、出口《でぐち》だったのかな?」

秘密《ひみつ》の出口《でぐち》だったとしても、その前《まえ》に部屋《へや》から出《で》られなければ無意味《むいみ》だ。

「また暗号《あんごう》か」

その紙《かみ》には平面図《へいめんず》のほかに『**トナカイの毛《け》**』と書《か》かれた暗号《あんごう》がある。

「これもアナグラムだな。3回目《かいめ》で頭《あたま》がさえてきたぞ」

『トナカイの毛《け》』は『と』『な』『か』『い』『の』『け』を入《い》れかえればいいんだ。

春馬《はるま》は頭《あたま》の中《なか》で文字《もじ》を入《い》れかえる。

「すごいぞ。すぐに思《おも》いうかんだ」

『と』『け』『い』『の』『な』『か』とならべると『時計《とけい》の中《なか》』だ。

「ここにある時計《とけい》はあれだ」

春馬《はるま》はレトロな振《ふ》り子《こ》時計《どけい》を調《しら》べる。

カバーを外《はず》して、中《なか》をのぞきこむ。

「おかしなところはないな」

こうなったら、徹底的《てっていてき》に調《しら》べよう。

時計《とけい》を壁《かべ》からはずして分解《ぶんかい》する。

振《ふ》り子《こ》、針《はり》、文字盤《もじばん》、ねじ……たくさんの部品《ぶひん》

で組《く》みたてられている。

「あれ、これはおかしな形《かたち》をしているな」

ねじに紛《まぎ》れてカギのような形《かたち》をした部品《ぶひん》がある。

「もしかして、この部屋《へや》のカギか」

春馬《はるま》はそれを持《も》ってドアの前《まえ》にいった。

これがカギだったら、ドアを開《あ》けて廊下《ろうか》に出《で》られる。そして、秘密《ひみつ》の出口《でぐち》から外《そと》に出《で》られる。

まくらカバーに書《か》かれた地図《ちず》をたよりに山《やま》を下《くだ》りれば、逃《に》げられるというわけか。

でも、これを信用《しんよう》してもいいのかな？

悩《なや》んでいると、謎《なぞ》が1つ残《のこ》っているのを思《おも》いだした。

「もしかして、あれもアナグラムかな」

引《ひ》き出《だ》しに入《はい》っていた手紙《てがみ》を読《よ》みかえす。

差出人《さしだしにん》が『どぼじろうのはまり』となっている。

「……そうか、そういうことか」

これがトラップだと確信《かくしん》した。それでも、これでドアが開《あ》くか試《ため》してみたい。

「好奇心《こうきしん》は止《と》められないよな」

カギ穴《あな》に時計《とけい》に入《はい》っていた部品《ぶひん》をさしこんで、ゆっくりまわした。

カチャと音《おと》がして、ロックが解除《かいじょ》された。

「やったぞ！」

春馬《はるま》がドアを開《あ》けると、外《そと》の廊下《ろうか》をだれかが駆《か》けてきた。

「えっ、どういうこと？」

やってきたのは、未奈《みな》だ。

「入《はい》るわね」

有無《うむ》を言《い》わせず、未奈《みな》は部屋《へや》に入《はい》ってきた。

⑫ 悪魔《あくま》は夜《よる》にやってくる

「助《たす》かった。カギを開《あ》ける人《ひと》がいないか、待《ま》っていたの」

未奈《みな》は部屋《へや》の奥《おく》へ入《はい》っていく。

「なんだよ、勝手《かって》に入《はい》ってきて」

そのとき、バタンと音《おと》がしてドアが閉《し》まった。

「あれ？」

春馬《はるま》はもう1回《かい》、カギ穴《あな》にカギをさしこんだ。しかし、ドアは開《あ》かない。

「1回《かい》しか開《あ》かないみたい」

「えっ、どういうこと？」

「1時間《じかん》くらい前《まえ》、いきなり部屋《へや》の机《つくえ》の引《ひ》き出《だ》しが開《あ》いたのよ。そうしたら……」

未奈《みな》の部屋《へや》でおきたことは、ここととほとんど同《おな》じだった。

「時計《とけい》、壊《こわ》したのね」

未奈《みな》は分解《ぶんかい》された時計《とけい》を見《み》て言《い》った。

彼女《かのじょ》の部屋《へや》のカギは時計《とけい》を分解《ぶんかい》しなくても見《み》つかったという。

「そのカギを使《つか》って廊下《ろうか》に出《で》たら、ドアが閉《し》まってロックされたの」

「閉《し》めだされたわけか」

「うるさいな。それで……廊下《ろうか》にいるのが見《み》つかったら失格《しっかく》になるから、だれかドアを開《あ》けないか待《ま》っていたの」

「どうして部屋《へや》から出《で》たんだよ。こんなのトラップに決《き》まっているだろう」

「出《で》たものはしょうがないでしょう」

未奈《みな》は開《ひら》きなおる。

「あの手紙《てがみ》に、**嘘つき**だと書《か》いてあっただろう」

「あたしのには書《か》いてなかった」

春馬《はるま》は封筒《ふうとう》を出《だ》した。

「これと同《おな》じものが入《はい》っていたんだろう」

「そうよ。どこに嘘《うそ》つきって書《か》いてあるのよ」

「封筒《ふうとう》の裏《うら》に『どぼじろうのはまり』と書《か》いてあるだろう」

「それがなに？」

「アナグラムだ。文字《もじ》を入《い》れかえると『**泥棒《どろぼう》のはじまり**』だ。それは……」

「そんなの、気《き》がつかないわ。それより、おかしなことがあるの」

「なに？」

「部屋《へや》から出《で》たとき、図面《ずめん》の矢印《やじるし》の場所《ばしょ》を調《しら》べてみたんだけど、ドアは開《あ》かなかったの」

「開《あ》ける方法《ほうほう》があるんじゃないのかな？」

「かもしれないけど……。ふぁぁぁぁ……」

未奈《みな》は大《おお》きなあくびをした。

「朝《あさ》までここにいるしかないみたいね。悪《わる》いけど、ゆかを貸《か》してもらうわ」

未奈《みな》はゆかにごろりと横《よこ》になった。

「ベッドを使《つか》っていいよ」

「ここでいい。妹《いもうと》のつきそいで病院《びょういん》のゆかで寝《ね》ているから慣《な》れてるの」

春馬《はるま》が声《こえ》をかけようとしたが、未奈《みな》はすでに寝息《ねいき》を立《た》てている。

「すごい睡眠力《すいみんりょく》だな。いくら夏《なつ》でも、それじゃ冷《ひ》えるだろう」

春馬《はるま》は、未奈《みな》に毛布《もうふ》をかけてやる。
彼女《かのじょ》の目《め》の下《した》にはクマができている。相当《そうとう》、つかれているようだ。
それにこうやって見《み》ると、彼女《かのじょ》はきゃしゃだ。
「……由佳《ゆか》……」
未奈《みな》が寝言《ねごと》を言《い》った。
「…………おねえちゃんが、助《たす》けるからね…………」
彼女《かのじょ》の妹《いもうと》は、1億円《おくえん》がないと手術《しゅじゅつ》できないと言《い》っていた。
妹《いもうと》を助《たす》けるために、自分《じぶん》の命《いのち》もかえりみずにゲームに挑《いど》んでいるのか。
ぼくも力《ちから》になってあげたい。でも、ゲームで負《ま》けると殺《ころ》される。
それなら、勝《か》ち残《のこ》るしかないんだ。
世《よ》の中《なか》って、どうしてこんなに残酷《ざんこく》なんだろう。
そのとき、部屋《へや》の明《あ》かりが消《き》えた。消灯時間《しょうとうじかん》ということだろうか……。

ブ――――ン……
なにか機械《きかい》の音《おと》がして、春馬《はるま》は目《め》を覚《さ》ました。

この音《おと》はなんだろう？

目《め》を開《あ》けると、テレビがついている。

春馬《はるま》がおきると、未奈《みな》もおきてきた。

「なに？」

「わからない。いきなり、テレビがついたみたいだ」

テレビには、画素《がそ》の粗《あら》いモノクロ映像《えいぞう》が映《うつ》っている。

テレビに映《うつ》っているのは、この館《やかた》のホールだ。

「監視《かんし》カメラの映像《えいぞう》みたいだな。どうして、こんな映像《えいぞう》が流《なが》れてるんだ」

「まるで、ホラー映画《えいが》ね」

未奈《みな》が怖《こわ》いことを言《い》った。

テレビの中《なか》に、階段《かいだん》を下《お》りてくる人《ひと》が映《うつ》る。

きれいな足《あし》に、かわいい洋服《ようふく》を着《き》ている。

「これ、麗華《れいか》だ」

1階《かい》に下《お》りてきた麗華《れいか》は、階段下《かいだんした》にある秘密《ひみつ》の出口《でぐち》の前《まえ》にいく。

「そこは開《あ》いてないわ」

未奈《みな》が言《い》うが、麗華《れいか》はそのドアを開《あ》けた。

「あたしがいったときは、開《あ》いてなかったのよ」

麗華《れいか》はそのドアから外《そと》に出《で》ようとする。

「まずいぞ。これはトラップだ。……麗華《れいか》、もどるんだ！」

しかし、彼女《かのじょ》はそのドアから外《そと》に出《で》る。

画面《がめん》の映像《えいぞう》が切《き》りかわり、外《そと》のカメラの映像《えいぞう》になった。

館《やかた》から出《で》てきた麗華《れいか》が、夜道《よみち》を歩《ある》いていく。

その様子《ようす》をカメラが追《お》っている。

麗華《れいか》は、館《やかた》の前《まえ》に停《と》めてある自転車《じてんしゃ》を見《み》つける。

「あんなところに、だれの自転車《じてんしゃ》だろう？」

麗華《れいか》は自転車《じてんしゃ》に乗《の》って走《はし》りだした。

「これなら逃《に》げられるかもしれないわ……」

映像《えいぞう》が切《き》りかわり、麗華《れいか》の緊張《きんちょう》した顔《かお》がアップで映《うつ》る。

「いや、これって、おかしいぞ」

「どこがおかしいの？」

「撮影《さつえい》しているカメラは、どこにあるんだ？」と春馬《はるま》。

テレビには、自転車《じてんしゃ》をこぐ麗華《れいか》の顔《かお》が映《うつ》っている。

自転車《じてんしゃ》に、カメラが取《と》りつけられているのだ。彼女《かのじょ》の行動《こうどう》は、仕掛《しか》けた者《もの》の想定内《そうていない》だ。

「はぁはぁはぁはぁ……」

麗華《れいか》の荒《あら》い息《いき》づかいが、スピーカーから聞《き》こえてくる。

かわいた道路《どうろ》を麗華《れいか》の自転車《じてんしゃ》が走《はし》っていく。

「いやだ……来《こ》ないで。……どこかにいって……」

麗華《れいか》の声《こえ》がスピーカーから聞《き》こえてくる。

なにがおきているんだ。麗華《れいか》の様子《ようす》がおかしい。

そのとき**ううううう**……という獣《けもの》のうなり声《ごえ》が聞《き》こえてきた。

麗華《れいか》のうしろに大《おお》きな犬《いぬ》が映《うつ》る。

「野犬《やけん》だわ！」

未奈《みな》がさけぶ。

数匹《すうひき》の大型犬《おおがたけん》が、麗華《れいか》の自転車《じてんしゃ》を追《お》いかけている。

「はっはっはっはっはっ……」

麗華《れいか》の息《いき》はどんどん荒《あら》くなり、ひたいから汗《あせ》がしたたり落《お》ちる。

わんわんわんわん！

犬《いぬ》がほえたてている。

「いや……いや……いや……」

麗華《れいか》が必死《ひっし》で自転車《じてんしゃ》をこぐ。

わんわんわん！

大《おお》きな野犬《やけん》が麗華《れいか》に襲《おそ》いかかる。

「危《あぶ》ない！」

テレビ映像《えいぞう》を見《み》ていた未奈《みな》がさけぶ。

麗華《れいか》がハンドルを切《き》って、野犬《やけん》をかわした。

「やった！」

春馬《はるま》はおもわず声《こえ》をあげた。

しかし、麗華《れいか》のピンチはまだ終《お》わらない。

わんわんわん！　わんわんわん！　わんわんわん！

無数《むすう》の野犬《やけん》が、彼女《かのじょ》を追《お》っている。

「こんなところで、死《し》ぬなんて……いやよ……！」

麗華《れいか》がつぶやきながら自転車《じてんしゃ》をこぐ。

「わたくしの才能《さいのう》を……散《ち》らせる……なんて……！」

そのとき、自転車《じてんしゃ》がバランスをくずす。

「……こんなところ……来《こ》なきゃよかった……死《し》にたくない……死《し》にたくない……！」

必死《ひっし》で自転車《じてんしゃ》を走《はし》らせる麗華《れいか》、その表情《ひょうじょう》がゆがむ。


わんわんわん！　わんわんわん！　わんわんわん！　わんわんわん！　わんわんわん！


野犬《やけん》が自転車《じてんしゃ》に体当《たいあ》たりをしてくる。

「いや、いや、いや……、いやぁぁぁぁぁ……」

とうとう、自転車《じてんしゃ》が転倒《てんとう》した。

テレビ画面《がめん》に、かわいた道《みち》をはって逃《に》げようとする麗華《れいか》が映《うつ》る。


ううううううう……


大《おお》きな野犬《やけん》が牙《きば》をむきだしにして、麗華《れいか》をにらんでいる。

次《つぎ》の瞬間《しゅんかん》、野犬《やけん》がいっせいに襲《おそ》いかかっていく。

「あああああああああああ……！」

麗華《れいか》の断末魔《だんまつま》のさけびが響《ひび》く。

びしゃっ！

飛《と》び散《ち》った血《ち》がカメラにかかった次《つぎ》の瞬間《しゅんかん》、ブツッと映像《えいぞう》が消《き》えテレビ画面《がめん》は真《ま》っ暗《くら》になった。

「こここ……これって……。これがマギワさんの言《い》っていた悪魔《あくま》か……」

震《ふる》える声《こえ》で言《い》った春馬《はるま》は、頭《あたま》を抱《かか》える。

未奈《みな》も真《ま》っ青《さお》な顔《かお》で動《うご》けない。

そのあと、2人《ふたり》は眠《ねむ》れなかった。

朝《あさ》7時《じ》にドアのロックが解除《かいじょ》になると、未奈《みな》は無言《むごん》で部屋《へや》を出《で》ていった。

13 ゲームは終《お》わらない

午前《ごぜん》9時《じ》、参加者《さんかしゃ》は1階《かい》の食堂《しょくどう》に集《あつ》められた。

「みんなに、残念《ざんねん》なお知《し》らせや」

マギワがやってきて言《い》った。

「桐島麗華《きりしまれいか》が行方不明《ゆくえふめい》や。どうも、館《やかた》から逃《に》げだしたようなんや」

その情報《じょうほう》は、ここにいる全員《ぜんいん》が知《し》っている。

麗華《れいか》は野犬《やけん》に襲《おそ》われて死《し》んだ。

「ドアも窓《まど》もあかへんはずやのに、どうやって外《そと》に出《で》たのか不思議《ふしぎ》やな」

しらじらしく言《い》うマギワに、春馬《はるま》は少《すこ》し腹《はら》がたった。

「れれれれ……麗華《れいか》さま……どどど、どうして……」

草太《そうた》が目《め》に涙《なみだ》をためて言《い》った。

「逃《に》げだすなんて、バカじゃん」

カツエが吐《は》き捨《す》てるように言《い》うと、草太《そうた》がにらんだ。

「あたし、あの女《おんな》が嫌《きら》いだったの。いなくなって、せいせいしたわ」

「そそそ……そんな……」

草太《そうた》は言《い》いかえしたいが、カツエの迫力《はくりょく》ある顔《かお》とごつい体《からだ》にしりごみする。

「桐島麗華《きりしまれいか》がいなくなって、残《のこ》ったのは5人《にん》や。上山秀介《うえやましゅうすけ》、滝沢未奈《たきざわみな》、小山草太《おやまそうた》、三国亜久斗《みくにあくと》、竹井《たけい》カツエ、**1人《ひとり》あたりの賞金《しょうきん》は2000万円《まんえん》**や」

金額《きんがく》を聞《き》くと、未奈《みな》、草太《そうた》、カツエの表情《ひょうじょう》が少《すこ》しゆるんだ。

そのとき、怨田《おんだ》と鬼崎《おにざき》が朝食《ちょうしょく》のプレートを運《はこ》んでくる。

トースト、スクランブルエッグ、ソーセージ、サラダ、オレンジジュースがのっている。

「朝食《ちょうしょく》や。心配《しんぱい》せんでもゲームやない。毒《どく》は入《はい》ってへん」

マギワが言《い》うが、みんなはすぐには手《て》をつけない。

「心配性《しんぱいしょう》な。もうぬき打《う》ちゲームはないねん。そやから、安心《あんしん》して食《た》べてええで」

そこまで言《い》われて、ようやく5人《にん》は朝食《ちょうしょく》に手《て》をつけた。

全員《ぜんいん》が食《た》べ終《お》わったが、だれも死《し》ななかった。

「みんなに提案《ていあん》があるんだ。ここでゲームを終了《しゅうりょう》にしよう」

春馬《はるま》が言《い》うと、今《いま》まで続行《ぞっこう》を希望《きぼう》していた未奈《みな》が顔《かお》をくもらす。

草太《そうた》とカツエも考《かんが》えこんでる。

昨夜《ゆうべ》の麗華《れいか》の映像《えいぞう》は衝撃《しょうげき》だった。これ以上《いじょう》ゲームをつづけようとは思《おも》わないはずだ。

「みんな、死《し》にたくないだろう。今《いま》ここでやめても、2000万円《まんえん》もらえるんだよ」

すると、未奈《みな》が小《ちい》さくうなずいた。

希望《きぼう》が出《で》てきた。未奈《みな》が終了《しゅうりょう》に賛成《さんせい》なら、全員《ぜんいん》が終了《しゅうりょう》を選《えら》ぶかもしれない。

「……つづける」

しかし、ぼそっと言《い》ったのは亜久斗《あくと》だ。

春馬《はるま》はがっかりした。また亜久斗《あくと》だ。彼《かれ》はいったいなにを考《かんが》えているんだ。

「ゲーム続行《ぞっこう》で決《き》まりやな。そうや、知《し》らせたいことがあったんや。ゲームは残《のこ》り2つや」

「の、のの……残《のこ》り2つ……」

最初《さいしょ》に反応《はんのう》した草太《そうた》は、あいかわらず声《こえ》が震《ふる》えている。

春馬《はるま》は希望《きぼう》を持《も》った。

残《のこ》り2つなら、勝《か》ち残《のこ》れるかもしれない。

「それじゃ、部屋《へや》を移動《いどう》や。時《とき》は金《かね》なりやからな」


マギワに案内《あんない》されて『**時計《とけい》の部屋《へや》**』という円形《えんけい》の部屋《へや》に入《はい》った。

中央《ちゅうおう》に丸《まる》テーブルとそれをかこんで椅子《いす》があり、ゆかはくもったガラス張《ば》りになっている。

「今日《きょう》、最初《さいしょ》のゲームは協調性《きょうちょうせい》のテストや。ここで脱落者《だつらくしゃ》を1人《ひとり》決《き》めてほしいんや」

「決《き》めるって、ぼくたちで、ですか？」

春馬《はるま》が目《め》をまるくして聞《き》いた。

「そうや。５人《にん》で決《き》めてほしいんや。制限時間《せいげんじかん》は40分《ぷん》や」

マギワはそう言《い》うと、バチンとムチをふるった。

ゆかのくもりガラスが透明《とうめい》になり、その下《した》に巨大《きょだい》な時計《とけい》がある。

時計《とけい》の長針《ちょうしん》と短針《たんしん》が12を指《さ》している。

「ありゃ、時間《じかん》をあわせてないやないか。怨田《おんだ》！」

やってきた怨田《おんだ》に、マギワは時間《じかん》をあわせるように指示《しじ》する。

「マギワさん、ゆかのガラスを開《あ》けるボタンを押《お》していてください」

「ああ、そうやったね。これがめんどうなんや」

マギワが壁《かべ》のボタンを押《お》すと、ゆかのガラスのロックが解除《かいじょ》される。

怨田《おんだ》がガラスを開《あ》けて、時計《とけい》の針《はり》を10時《じ》20分《ぷん》にあわせる。

その間《あいだ》、マギワはボタンを押《お》しつづけていた。

「あわせました」と言《い》って、怨田《おんだ》は開《あ》けたガラスから離《はな》れる。

マギワが指《ゆび》を離《はな》すと、ガラスがいきおいよく閉《し》まってロックされる。

ガラスに挟《はさ》まれたら、たいへんなことになりそうだ。

「11時《じ》までに、脱落者《だつらくしゃ》を1人《ひとり》決《き》めてな」

「決《き》められなかったら、どうなるんですか？」

春馬《はるま》の質問《しつもん》に、マギワはにやりと笑《わら》う。

「脱落者《だつらくしゃ》を決《き》められないような優柔不断《ゆうじゅうふだん》な者《もの》に、1億円《おくえん》を手《て》にする資格《しかく》はない。全員《ぜんいん》が脱落《だつらく》や」

みんなの顔《かお》がこわばった。

「**第《だい》5ゲーム、協調性《きょうちょうせい》テストのスタートやぁ。**よろしゅうやってな」

マギワが出《で》ていくと、重苦《おもくる》しい沈黙《ちんもく》が降《お》りてきた。

春馬《はるま》、未奈《みな》、草太《そうた》、カツエが落《お》ちつきなく視線《しせん》を動《うご》かしている。

落《お》ちついているのは亜久斗《あくと》だけだ。

長《なが》い沈黙《ちんもく》がつづく。

脱落《だつらく》する1人《ひとり》を決《き》めるというのは、死《し》んでもいい人間《にんげん》を1人《ひとり》決《き》めることだ。

そんなことはできない。でも、できないと全員脱落《ぜんいんだつらく》。

それじゃ、だれを選《えら》ぶんだ。いや、選《えら》ぶだけじゃない。選《えら》ばれるかもしれないんだ。

どうすればいいんだ。

春馬《はるま》が視線《しせん》を落《お》とすと、未奈《みな》、草太《そうた》、カツエもつられて視線《しせん》を落《お》とす。

自然《しぜん》とゆかの下《した》の時計《とけい》に目《め》がいく。10時《じ》25分《ふん》。残《のこ》り35分《ふん》。

みんなの緊張《きんちょう》が高《たか》まっている。空気《くうき》が重《おも》たい。沈黙《ちんもく》が痛《いた》い。

「だだだ……だから、ゲーム終了《しゅうりょう》にすればよかったんだっ！」

緊張《きんちょう》にたえられなくなった草太《そうた》が、大《おお》きな声《こえ》を出《だ》した。

「今《いま》さら、おせぇんだよ！」とカツエが言《い》いかえす。

「どど……どうするの、どうすればいいの……どうしたらいいんだよう……」

「力《ちから》ずくで決《き》めたらいいんじゃねぇの」

「暴力《ぼうりょく》は失格《しっかく》よ」

未奈《みな》がぶっきらぼうに言《い》った。

「格闘技《かくとうぎ》だよ。それなら暴力《ぼうりょく》じゃねぇ」

「それって、空手《からて》をやってるカツエが有利《ゆうり》だよね」と春馬《はるま》。

「どうしてだよ。あたしは女子《じょし》だよ。だんぜん、男子《だんし》が有利《ゆうり》だろう」

「ははは……反対《はんたい》！」

草太《そうた》が訴《うった》えるように大《おお》きな声《こえ》で言《い》った。格闘技《かくとうぎ》なら、小柄《こがら》な彼《かれ》は不利《ふり》だ。

「決《き》められなかったら、全員《ぜんいん》、脱落《だつらく》だ。それでもいいのかよ」

「それはこまるけど……。でも、格闘技《かくとうぎ》には反対《はんたい》だ。未奈《みな》はどう思《おも》う？」春馬《はるま》が聞《き》いた。

「あたしも反対《はんたい》」

「わかったよ。それじゃ、格闘技《かくとうぎ》はなしにするよ。……じゃあどうするのさ？」

カツエはむくれた顔《かお》で言《い》った。

「やっぱり、多数決《たすうけつ》じゃやない」

未奈《みな》が言《い》うと、草太《そうた》が顔《かお》をあげる。

「たたた……多数決《たすうけつ》なら、びょびょ平等《びょうどう》だ。多数決《たすうけつ》に賛成《さんせい》」

多数決《たすうけつ》なら簡単《かんたん》だ。

でも、多数決《たすうけつ》で脱落《だつらく》を決《き》められた者《もの》にとって、これほど辛《つら》いことはない……。

春馬《はるま》が迷《まよ》っていると、「それじゃ、多数決《たすうけつ》で決《き》まりだね」とカツエが宣言《せんげん》する。

「待《ま》ってよ。全員《ぜんいん》の意見《いけん》を聞《き》かないと……」

「あたしを入《い》れて３人《にん》が多数決《たすうけつ》でいいって言《い》ってるんだから決《き》まりだろ。亜久斗《あくと》もいいよね？」

カツエが聞《き》くと、亜久斗《あくと》はうなずいた。

そのとき、マギワが部屋《へや》に入《はい》ってきた。

「なんですか？」

カツエが不機嫌《ふきげん》そうにマギワを見《み》た。

「これ、必要《ひつよう》やろ」

マギワは投票《とうひょう》に使《つか》えそうな紙《かみ》とえんぴつをカツエにわたした。

「カツエ、いきなり元気《げんき》になったやないか」

「悪《わる》いですか」

「あんた、麗華《れいか》にコンプレックスがあったんやろう。いなくなったら、がぜんやる気《き》になったな」

「そんなこと……」と言《い》って、カツエは口《くち》ごもる。

「まぁ、がんばってな」

マギワが部屋《へや》を出《で》て、また参加者《さんかしゃ》だけになる。

「……それじゃ、紙《かみ》とえんぴつを配《くば》るよ」

「ちょっと提案《ていあん》があるんだ」

亜久斗《あくと》が手《て》をあげて、話《はな》しはじめた。

「1回目《かいめ》は予備投票《よびとうひょう》にして、最終投票《さいしゅうとうひょう》は、制限時間《せいげんじかん》の1分前《ぷんまえ》にしたらどうだろう」

「どうしてだよ？」とカツエ。

「たった1回《かい》の投票《とうひょう》で脱落《だつらく》が決《き》まるなんて、選《えら》ばれた者《もの》がかわいそうだろう」

「ふーん、そういう考《かんが》えもあるね。いいよ、それじゃ投票《とうひょう》は2回《かい》だね」

「**1回目《かいめ》の予備投票《よびとうひょう》はすぐにして、最終投票《さいしゅうとうひょう》は10時《じ》59分《ふん》。**選《えら》ばれた者《もの》は、すなおに結果《けっか》に従《したが》ってもらう。**絶対にね。**……それでいいかな」

今《いま》まで黙《だま》っていた亜久斗《あくと》だが、意外《いがい》と話《はなし》は達者《たっしゃ》だ。

「勝手《かって》に仕切《しき》るんじゃないよ。まぁ、でも、それでいいわよ」

カツエが勝手《かって》に決《き》めた。

そして、1回目《かいめ》の投票《とうひょう》が行《おこな》われた。

14 「いらない人間《にんげん》」選挙《せんきょ》

10時《じ》30分《ぷん》。残《のこ》りは30分《ぷん》。

1回目《かいめ》の投票結果《とうひょうけっか》が出《で》た。

三国亜久斗

三国亜久斗

三国亜久斗

上山秀介

三国亜久斗

草太《そうた》、カツエ、未奈《みな》がほっとした顔《かお》をしている。

春馬《はるま》は秀介《自分》に1票入《ぴょうはい》っているのが気《き》になった。

だれがだれに票《ひょう》を入《い》れたかは明白《めいはく》だ。

自分《じぶん》の名前《なまえ》は書《か》かないだろうから、亜久斗《あくと》以外《いがい》は亜久斗《あくと》に投票《とうひょう》した。

そして、亜久斗《あくと》は上山秀介《うえやましゅうすけ》と書《か》いたことになる。

亜久斗《あくと》に票《ひょう》が集《あつ》まったのは、彼《かれ》がゲームの続行《ぞっこう》を希望《きぼう》したからだ。彼《かれ》が脱落《だつらく》すれば、終了《しゅうりょう》に反《はん》対《たい》する者《もの》がいなくなる。この結果《けっか》は最終投票《さいしゅうとうひょう》でも変《か》わらないだろう……。

しかし、春馬《はるま》はなぜか胸《むな》さわぎがした。

「……これだと、おれが脱落《だつらく》か」

亜久斗《あくと》が視線《しせん》をめぐらすと、みんなは目《め》をそらした。

彼《かれ》に投票《とうひょう》した罪悪感《ざいあくかん》があるのだ。

「予備投票《よびとうひょう》をしておいてよかった。もし、これで決《き》まったら、たいへんなことになっていた」

「これで決《き》まりでいいんじゃねぇの」

カツエがそっ気《け》なく言《い》うと、亜久斗《あくと》は首《くび》を横《よこ》にふる。

「いいや、最終投票《さいしゅうとうひょう》を10時《じ》59分《ふん》におこなう。みんなで、そう決《き》めただろう」

脱落《だつらく》のピンチなのに平然《へいぜん》としている亜久斗《あくと》が、不気味《ぶきみ》だ。

「そうか、おれを落《お》として、このゲームで終《お》わりにしようと考《かんが》えているのか。わかった。みんなが終《お》わりにしたいなら、おれも同意《どうい》する。このゲームで最後《さいご》にしよう」

亜久斗《あくと》が言《い》うが、彼《かれ》に対《たい》するみんなの態度《たいど》は変《か》わらない。

「ところで、おれに考《かんが》えがあるんだ。このゲームの脱落者《だつらくしゃ》だけど……『嘘《うそ》つき』にしないか」

「嘘《うそ》つきの直人《なおと》は、もう脱落《だつらく》したよ」

カツエが言《い》うと、亜久斗《あくと》は首《くび》を横《よこ》にふる。

「まだいるんだよ。おれたちをだましている嘘つきがね」

春馬《はるま》は急《きゅう》に不安《ふあん》になる。

もしかして、亜久斗《あくと》はぼくが秀介《しゅうすけ》じゃないと知《し》っているのか。いや、そんなわけはない。

「だだだだ……だまそうとしてるって、どういうこと？」

草太《そうた》が震《ふる》える声《こえ》で聞《き》いた。

「小山草太《おやまそうた》、きみは、父親《ちちおや》が横領《おうりょう》した1億円《おくえん》が必要《ひつよう》なんだったな」

「どどど……どうして、ぼくの事情《じじょう》を？」

「最初《さいしょ》に自己紹介《じこしょうかい》しただろう。妹《いもうと》の手術費《しゅじゅつひ》がほしい滝沢未奈《たきざわみな》、父親《ちちおや》の工場《こうじょう》を買《か》いもどしたい竹《たけ》井《い》カツエ、シングルマザーの母親《ははおや》を楽《らく》にさせたい上山秀介《うえやましゅうすけ》」

それくらいは春馬《はるま》も覚《おぼ》えているが、亜久斗《あくと》はたくみに自分《じぶん》のペースに巻《ま》きこんでいる。

「それより、嘘《うそ》つきってだれなのかな？」

春馬《はるま》が聞《き》くと、亜久斗《あくと》がにやりと笑《わら》った。

「きみだよ。上山秀介《うえやましゅうすけ》」

春馬《はるま》のひたいに、じわりと汗《あせ》がにじんだ。

「どうして、ぼくが嘘《うそ》つきなんだ？」

「おれは生《う》まれつき観察眼《かんさつがん》が鋭《するど》いんだ。直人《なおと》があやしいと見《み》ぬいたのも、観察《かんさつ》していたからだ」

みんなが亜久斗《あくと》の話《はなし》に興味《きょうみ》を持《も》ったようだ。

「ぼくは、お金《かね》を貸《か》してほしいとか言《い》ってないよ」

「あやしいと思《おも》った理由《りゆう》は、きみが直人《なおと》とは真逆《まぎゃく》だからだ」

「どういうこと？」

「直人《なおと》は金《かね》への執着心《しゅうちゃくしん》が強《つよ》かった。逆《ぎゃく》に、きみはそれがなさすぎる。まるで他人事《ひとごと》だ」

的《まと》を射《い》た亜久斗《あくと》の意見《いけん》に、春馬《はるま》は言葉《ことば》を失《うしな》った。

「そういう性格《せいかく》なんでしょう。やる気《き》があるのに表《おもて》に出《で》ないタイプはいるわ」

助《たす》け船《ぶね》を出《だ》してくれたのは、意外《いがい》にも未奈《みな》だ。

「そうかもしれない。でも、彼《かれ》はゲームを終《お》わらせることばかり考《かんが》えている」

「ぼくには1億円《おくえん》も必要《ひつよう》ない。今《いま》、終《お》わっても2000万円《まんえん》もらえる。それで十分《じゅうぶん》なんだ」

「なにか、たくらんでいるんじゃないかな？」

亜久斗《あくと》の探《さぐ》るような視線《しせん》が、春馬《はるま》には痛《いた》かった。

「なにもたくらんでないよ」

「本当《ほんとう》にそうなのかな……、おれは用心深《ようじんぶか》いんだ」

「ぼくがなにをしようとしてるって言《い》うんだ」

「ゲームを終了《しゅうりょう》させて、みんなのお金《かね》を奪《うば》うつもりかもしれない」

「そんなこと、できるわけないだろう」

春馬《はるま》が言《い》いかえしても、亜久斗《あくと》は動《どう》じない。

「ゲームに負《ま》けたら殺《ころ》されるんだ。はやく終《お》わらせたいと思《おも》うのは当然《とうぜん》だろう」

「いいや、嘘《うそ》だ」

「どうして、そんなに疑《うたが》うんだ」

「昨日《きのう》、ホールで競走《きょうそう》したとき、きみは本気で走っていなかっただろう」

春馬《はるま》はまた返事《へんじ》にこまった。

あのときから、観察《かんさつ》されていたのか。

「真《ま》ん中《なか》あたりを走《はし》るのが安全《あんぜん》だと考《かんが》えて、力《ちから》をおさえて走《はし》っていたんだ」

「あのあと、ぼくは脱落《だつらく》しそうになったんだぞ」

「それは運《うん》が悪《わる》かっただけだ。パートナーが高所恐怖症《こうしょきょうふしょう》だなんて予測《よそく》できないからな」

春馬《はるま》は黙《だま》った。

「未奈《みな》が高所恐怖症《こうしょきょうふしょう》じゃなかったら、どうなっていたかな」

そこまで言《い》って、亜久斗《あくと》は少《すこ》し間《ま》をとった。

「二人三脚《ににんさんきゃく》は2人《ふたり》の走《はし》るスピードが同《おな》じくらいなのが有利《ゆうり》だ。そう考《かんが》えるとアクシデントがなければ、秀介《しゅうすけ》と未奈《みな》のペアは上位《じょうい》で勝《か》ちぬけしただろう」

「だから、なんだって言《い》うんだ」

「ホールでの競走《きょうそう》は、みんな必死《ひっし》だった。それが、直人《なおと》と秀介《しゅうすけ》だけは、次《つぎ》の展開《てんかい》を予測《よそく》して行動《こうどう》していたんだ」

「それのどこが悪《わる》いんだよ」

むきになった春馬《はるま》とは対照的《たいしょうてき》に、亜久斗《あくと》は感情《かんじょう》を表《おもて》に出《だ》さない。

「悪《わる》くはない。ゲームに負《ま》けないように策《さく》を考《かんが》えて行動《こうどう》するのは当然《とうぜん》だ。でも、きみの冷静《れいせい》な行動《こう》動《どう》に、おれは危険《きけん》を感《かん》じるんだ」

「冷静《れいせい》じゃない。ぼくだって必死《ひっし》だ」

「マギワさんは残《のこ》りのゲームは2つだと言《い》ってた。この次《つぎ》のゲームが最後《さいご》だ」

春馬《はるま》は震《ふる》えていた。ここでの脱落《だつらく》はないと高《たか》をくっていたが、雲行《くもゆ》きがあやしくなった。

「このゲームのあと、はたして秀介《しゅうすけ》は、本当《ほんとう》に終了《しゅうりょう》と言《い》うのかな？」

「言《い》う。ぼくははやくこのゲームを終《お》わらせたいんだ」

「おれがきみだったら、続行を希望するね」

「はっ？」

春馬《はるま》はぽかんと口《くち》をあけた。亜久斗《あくと》がなにを言《い》いたいのか、すぐには理解《りかい》できなかった。

「カツエ、最後《さいご》のゲームはどういうものだと思《おも》う？」

亜久斗《あくと》に質問《しつもん》されて、カツエは不機嫌《ふきげん》そうな顔《かお》をする。

「あんた、勝手《かって》に仕切《しき》るんじゃないよ」

「それは悪《わる》かった。で、どう思《おも》うかな？」

「わかるわけねぇだろう」

「最後《さいご》のゲームが運動系《うんどうけい》だったら、カツエが有利《ゆうり》かな？」

「格闘技《かくとうぎ》なら、絶対《ぜったい》に負《ま》けねぇよ」

「球技《きゅうぎ》、陸上競技《りくじょうきょうぎ》、水泳《すいえい》なども考《かんが》えられる。どれでも絶対《ぜったい》に勝《か》てるかい？」

カツエは少《すこ》し考《かんが》える。

「球技《きゅうぎ》と水泳《すいえい》は苦手《にがて》なんだよな……」

「秀介《しゅうすけ》は背《せ》が高《たか》い。それに男子《だんし》だ。運動系《うんどうけい》なら、きみも彼《かれ》には勝《か》てないんじゃないかな」

「競技《きょうぎ》によるけど、苦戦《くせん》するかもしれないね」

「運動系《うんどうけい》のゲームなら、秀介《しゅうすけ》は優勝候補《ゆうしょうこうほ》だ。では、頭脳系《ずのうけい》のゲームだったらどうだろう」

亜久斗《あくと》が視線《しせん》を春馬《はるま》にむけた。

「あぁぁぁぁ……そそそそう……そう言《い》えば……」

草太《そうた》が激《はげ》しく動揺《どうよう》しながら、春馬《はるま》から離《はな》れた。

「草太《そうた》、落《お》ちついて、気《き》がついたことを言《い》ってくれ」

「ううう……嘘《うそ》、嘘発見液《うそはっけんえき》のからくりに、ききき気《き》がついたのは……秀介《しゅうすけ》だよ」

「ダイイングルームもだな」

カツエがよけいなことを言《い》った。

「そうなんだ。頭脳系《ずのうけい》のテストでも、彼《かれ》は優勝候補《ゆうしょうこうほ》だ」

春馬《はるま》は目《め》の前《まえ》が暗《くら》くなった。落《お》とし穴《あな》に落《お》とされたような心境《しんきょう》だ。

「うわうわうわ……」

草太《そうた》は意味不明《いみふめい》な言葉《ことば》をつぶやき、化《ば》け物《もの》でも見《み》るような目《め》で春馬《はるま》を見《み》た。

「このあと、秀介《しゅうすけ》がゲームをつづけると言《い》ったらどうなる？」

春馬《はるま》は逃《に》げだしたかった。

亜久斗《あくと》のトラップにはまったんだ。また絶体絶命《ぜったいぜつめい》じゃないか。

「ううう……嘘《うそ》つきなんだ。しゅしゅ……秀介《しゅうすけ》は嘘《うそ》つきだ……っ」

「そう、彼《かれ》は嘘《うそ》つきだ。ゲームを終了《しゅうりょう》したがっているふりをして、本当《ほんとう》はつづけるつもりだ」

言《い》いたいことは山《やま》ほどあったけど、今《いま》はなにを言《い》っても信《しん》じてもらえないだろう。

どうすればいいんだ。いきなり窮地《きゅうち》に立《た》たされた。

10時《じ》40分《ぷん》。残《のこ》り20分《ぷん》。

時間《じかん》だけがすぎていく。

「――彼《かれ》はただのお人好《ひとよ》しよ」

沈黙《ちんもく》を破《やぶ》ったのは未奈《みな》だった。

「未奈《みな》は、だまされやすい」

「呼《よ》び捨《す》てにしないでよ」

未奈《みな》がけわしい顔《かお》で言《い》う。

「秀介《しゅうすけ》は背《せ》は高《たか》いけど、運動神経《うんどうしんけい》はたいしたことないわ。二人三脚《ににんさんきゃく》でいっしょに走《はし》った、あたしが言《い》ってるんだからまちがいないわ」

「ぼくは……！」

言《い》いかえそうとした春馬《はるま》に、未奈《みな》がアイコンタクトを送《おく》ってきた。

そうか、彼女《かのじょ》はぼくを助《たす》けようとしているのか。

「未奈《みな》の言《い》うとおりだよ。亜久斗《あくと》はぼくを買《か》いかぶってるんだ。ハハハハ……」

「秀介《しゅうすけ》がお人好《ひとよ》しだというのは認《みと》めるが、運動能力《うんどうのうりょく》と頭脳《ずのう》がすぐれているのはたしかだ」

春馬《はるま》は苦笑《にがわら》いした。

お人好《ひとよ》しは認《みと》めるのかよ。でも、事実《じじつ》だからしかたがないか。

「それなら、あたしがまちがってるって言《い》うの？」

強気《つよき》の未奈《みな》に、亜久斗《あくと》は言葉《ことば》を返《かえ》さなかった。

カツエと草太《そうた》が亜久斗《あくと》の側《がわ》につけば多数決《たすうけつ》では負《ま》けない。未奈《みな》はほうっておこうと考《かんが》えたらしい。


10時《じ》45分《ふん》。残《のこ》り15分《ふん》。

未奈《みな》がいきなり笑《わら》いだした。

「なにがおかしいんだ」

亜久斗《あくと》が不機嫌《ふきげん》そうに聞《き》いた。春馬《はるま》も同《おな》じ気持《きも》ちだ。

「秀介《しゅうすけ》がなにかをたくらんでいるなら、毒入《どくい》りの料理《りょうり》がどれか、みんなに教《おし》えないでしょう」

未奈《みな》の言葉《ことば》に、みんながハッとなる。

「自分《じぶん》は安全《あんぜん》な料理《りょうり》をたのんで、ほかの者《もの》に毒入《どくい》りを食《た》べさせて競争相手《きょうそうあいて》を1人《ひとり》へらすはずよ。やっぱり秀介《しゅうすけ》はただのお人好《ひとよ》しよ」

最後《さいご》のひとことはよけいだと思《おも》いながら、春馬《はるま》は未奈《みな》に感謝《かんしゃ》した。

「なるほど、そうかもしれないな」

これには亜久斗《あくと》も納得《なっとく》したようだ。


時間《じかん》は10時《じ》50分《ぷん》。残《のこ》り10分《ぷん》。

最終投票《さいしゅうとうひょう》の時間《じかん》が迫《せま》っている。

春馬《はるま》はあせるばかりで、なにも策《さく》がうかばない。

今《いま》、投票《とうひょう》したらどうなるだろう。

亜久斗《あくと》、カツエ、草太《そうた》は、ぼくに票《ひょう》を入《い》れるだろう。3票《びょう》で脱落《だつらく》だ。

昨日《きのう》の活躍《かつやく》が裏目《うらめ》に出《で》るなんて、なんて皮肉《ひにく》なんだ。

亜久斗《あくと》がおかしなことを言《い》い出《だ》さなかったら、こんなことにはならなかった。

いや、それもあたりまえなんだ。1回目《かいめ》の投票《とうひょう》のままなら、亜久斗《あくと》が脱落《だつらく》していた。それを指《ゆび》をくわえて待《ま》っているはずがない。

助《たす》かるにはだれかを落《お》とすしかない。……でも、それでいいのか？

自分が助かるために、だれかをけおとすなんて……。

春馬《はるま》が悩《なや》んでいると、未奈《みな》がとなりにやってきた。

「このままだと脱落《だつらく》だよ」

ほかには聞《き》こえないように、未奈《みな》が小声《こごえ》で話《はな》しかけてきた。

「わかってるけど……。それより、さっきは助《たす》けてくれてありがとう」

「お人好《ひとよ》し。礼《れい》を言《い》っている場合《ばあい》じゃないでしょう」

「そうだけど……」

「助《たす》けたのはお返《かえ》しよ。あたしは少《すく》なくとも3回《かい》は助《たす》けてもらっている」

「ぼく、そんなに助《たす》けた？」

「二人三脚《ににんさんきゃく》、夕食《ゆうしょく》、昨日《きのう》の夜《よる》よ」

「本当《ほんとう》だ。ぼくってけっこう、恩人《おんじん》だね」

「自分《じぶん》で恩人《おんじん》とか言《い》わないで。お返《かえ》しはさっきしたからね」

「ぼくは3回《かい》で、未奈《みな》は1回《かい》だろう」

「大《おお》きさがちがう。それに、二人三脚《ににんさんきゃく》はおたがいさまだから、ナシよ」

「そんなの卑怯《ひきょう》だろう」

春馬《はるま》が口《くち》をとがらすと、未奈《みな》がちょっと笑《わら》った。

その笑顔《えがお》は超《ちょう》かわいかったが、彼女《かのじょ》はすぐにいつもの仏頂面《ぶっちょうづら》にもどった。

「ここではお人好《ひとよ》しはナシよ。自分《じぶん》が残《のこ》ることを最優先《さいゆうせん》で考《かんが》えて」

「どうして、ぼくにそんなことを言《い》うんだ？」

「それは……、残《のこ》ってほしいからよ」

「えっ？」

「このゲームで脱落《だつらく》しないで。絶対《ぜったい》に生《い》き残《のこ》ってよ」

未奈《みな》はそう言《い》うと、自分《じぶん》の席《せき》にもどっていった。

それってどういう意味《いみ》？

聞《き》いてみたかったけど、もう遅《おそ》いか。

未奈《みな》の言《い》うように、ほかの者《もの》を犠牲《ぎせい》にしても生《い》き残《のこ》らないと。

お人好《ひとよ》しのせいで殺《ころ》されるなんて、絶対《ぜったい》にいやだ！


10時《じ》55分《ふん》。残《のこ》り5分《ふん》。投票《とうひょう》まで4分《ぶん》。

春馬《はるま》は勝負《しょうぶ》に出《で》ることにした。生《い》き残《のこ》るためには、やらなければいけない。

それが今《いま》だ。このタイミングなら、相手《あいて》の反撃《はんげき》の時間《じかん》はない。いや、反撃《はんげき》できないはずだ。

「みんな、少《すこ》しだけぼくの話《はなし》を聞《き》いてほしいんだ」

みんなが緊張《きんちょう》した顔《かお》を春馬《はるま》にむけた。

「だますつもりじゃないだろうね」

警戒《けいかい》したように亜久斗《あくと》が言《い》った。

「ぼくは一度《いちど》もだましてない。それより、**このままだとみんな1円ももらえないかもしれないよ**」

「どういうこと？」

あいの手《て》を入《い》れるように未奈《みな》が言《い》った。

「このゲームは予想《よそう》のできないことばかりだ。そうだろう」

亜久斗《あくと》、カツエ、草太《そうた》は警戒《けいかい》した顔《かお》をしている。

「このゲームが終《お》わっても安心《あんしん》はできないよ。ぼくだって用心深《ようじんぶか》いんだ」

春馬《はるま》は、少《すこ》しだけ亜久斗《あくと》の口調《くちょう》を真似《まね》した。

「なにが言《い》いたいんだ？」と亜久斗《あくと》が聞《き》いた。

「このあと、全員《ぜんいん》がゲームを終了《しゅうりょう》すると言《い》ったとして、本当《ほんとう》に無事《ぶじ》に終《お》わるだろうか？」

「ママママ……マギワさんは、ぜぜぜ……全員《ぜんいん》が終了《しゅうりょう》と言《い》えば、終《お》わりだと言《い》ってたよ」

「サッカーでアディショナルタイムというのがあるのは知《し》ってるかな？」

「それくらい知《し》っている。試合中《しあいちゅう》に中断《ちゅうだん》した時間《じかん》を、終了時間《しゅうりょうじかん》のあとに加《くわ》えて延長《えんちょう》するんだろう」

亜久斗《あくと》の答《こた》えに、春馬《はるま》は満足《まんぞく》そうに大《おお》きくうなずいた。

「そのとおりだ。つまり、終了時間《しゅうりょうじかん》になっても試合《しあい》は終《お》わらない。このゲームにもアディショナルタイムがあるかもしれない」

ちらりと亜久斗《あくと》を見《み》ると、彼《かれ》はほんの少《すこ》し不機嫌《ふきげん》そうな顔《かお》をした。

春馬《はるま》の逆襲《ぎゃくしゅう》に気《き》づいたようだ。

「ゲームを終了《しゅうりょう》するために、ミニゲームやミニクイズがあるかもしれない」

「そんな話《はなし》は聞《き》いてねぇ！」

どなるカツエに、春馬《はるま》は笑顔《えがお》をむける。

「あるとは言《い》ってない。あるかもしれないと言《い》ったんだ。このゲームを考《かんが》えた人《ひと》は、意地悪《いじわる》だ。なにがおきても不思議《ふしぎ》じゃない。そうじゃないかな、用心深《ようじんぶか》い亜久斗《あくと》」

「……考《かんが》えられなくもない」

「――ゲームを終《お》わらせるには、最後《さいご》にクイズを解《と》いてもらうでぇ。答《こた》えがわからなかったら、全員《ぜんいん》が脱落《だつらく》やぁ……」

春馬《はるま》はマギワの真似《まね》をした。だが、だれも笑《わら》わない。

「——ゲームを終《お》わらせるには、ホールの重《おも》たい扉《とびら》を開《あ》けてもらうでぇ。開《あ》けられなかったら、全員《ぜんいん》が脱落《だつらく》やぁ……」

「それで、なにが言《い》いたいのよ！」

カツエがいらいらしたように言《い》った。

「ぼくが言《い》いたいのは、必要《ひつよう》な人間《にんげん》を残《のこ》すべきだということだ」

「必要《ひつよう》な人間《にんげん》って、なによ？」

「このあと、なにがおきるかわからない。頭脳《ずのう》のすぐれている者《もの》、力《ちから》のある者《もの》、観察力《かんさつりょく》のある者《もの》、度胸《どきょう》のある者《もの》……。なにかおきたときに役にたつ者を、残したほうがいいということだ」

短《みじか》い間《ま》があった。

「……なるほど、それは言《い》えるかもしれないね」

カツエは納得顔《なっとくがお》になった。

そして、そのまま視線《しせん》を草太《そうた》にむけた。

「え…………ちょ、ちょ、ちょっと待《ま》って……そ、そ、それだと……」

草太《そうた》は、青《あお》ざめた顔《かお》でなにか言《い》おうとするが、言葉《ことば》にならない。

10時《じ》59分《ふん》。

「最終投票《さいしゅうとうひょう》の時間《じかん》だ」と亜久斗《あくと》が言《い》った。

投票結果《とうひょうけっか》は、

上山秀介　小山草太　小山草太　小山草太　小山草太

5人《にん》の中《なか》で、なんの役《やく》にも立《た》たなそうな草太《そうた》が選《えら》ばれたのだ。
怨田《おんだ》と鬼崎《おにざき》が、悲鳴《ひめい》をあげる草太《そうた》をひきずっていった。
春馬《はるま》は、顔《かお》をあげられなかった。
ごめん、草太《そうた》……こうしないと、ぼくが脱落《だつらく》だったんだ。

15 ラストゲームがはじまる

「残《のこ》ったのは上山秀介《うえやましゅうすけ》、滝沢未奈《たきざわみな》、三国亜久斗《みくにあくと》、竹井《たけい》カツエの4人《にん》やな。**1人《ひとり》あたりの賞金《しょうきん》は2500万円《まんえん》や。**そして――**いよいよラストゲームやぁ!!**」

マギワがうれしそうに言《い》った。

春馬《はるま》はみんなの顔《かお》を見《み》てから、マギワの前《まえ》に出《で》た。

「なんや、どうしたんや？」

「ゲームを終了《しゅうりょう》します」

「へえええええ……、どうしてや。あと1ゲームやで、みんなも同《おな》じ考《かんが》えか。カツエもええのか？」

「2500万《まん》なら十分《じゅうぶん》だ。欲《よく》をかいて死《し》んだら元《もと》も子《こ》もねぇからな」とカツエ。

「未奈《みな》は足《た》りないんやないか。妹《いもうと》さんを助《たす》けるのに1億円《おくえん》が必要《ひつよう》やろ」

「それは……足《た》りないけど……。でも、もう決《き》めたから」

未奈《みな》はきっぱり言《い》った。

「亜久斗《あくと》はどうや？」

「おれは…………終了しない。続行で」

亜久斗《あくと》は抑揚《よくよう》のない声《こえ》で言《い》った。

「えっ！」

春馬《はるま》が大《おお》きな声《こえ》を出《だ》し、未奈《みな》とカツエは顔《かお》を見《み》あわせる。

「どういうつもりだよ！　終《お》わりにするって約束《やくそく》しただろう！」

春馬《はるま》が食《く》ってかかるが、亜久斗《あくと》は平気《へいき》な顔《かお》だ。

「約束《やくそく》はしてない。いや、していても、それがなんだというんだ」

「おまえ！」

殴《なぐ》りたかったが、がまんした。春馬《はるま》と同《おな》じように、カツエも未奈《みな》も怒《おこ》っている。

「どうしてなの？」と未奈《みな》が聞《き》いた。

「気《き》が変《か》わった。ただ、それだけ」

「いや～さすがやなぁ。やる気《き》があってうれしいわ。ウチの考《かんが》えたラストゲームをやらないなんて、悲《かな》しいもんなぁ。いやっ、ほんまによかったわぁ」

マギワは大喜《おおよろこ》びしている。

「気《き》が変《か》わったじゃすまないだろ！　今《いま》からでもいいから、終了《しゅうりょう》と言《い》えよ！」

春馬《はるま》がおどしても、亜久斗《あくと》は知《し》らん顔《かお》だ。

「あのなぁ、そういうのは強要《きょうよう》したらあかんのよぉ」

マギワが止《と》めに入《はい》った。

みんな、亜久斗《あくと》にだまされたのだ。

「それじゃ、ラストゲームの舞台《ぶたい》にレッツゴーやぁ」

春馬《はるま》たちは、マギワの案内《あんない》で最終《さいしゅう》ゲームの舞台《ぶたい》**『弱肉強食《じゃくにくきょうしょく》の部屋《へや》』**に入《はい》った。

天井《てんじょう》までが5メートル以上《いじょう》ある、教室《きょうしつ》の2倍《ばい》くらいの広《ひろ》さの部屋《へや》だ。

テーマパークのジャングルのようになっている。

そして、実物《じつぶつ》よりもひとまわり以上《いじょう》も大《おお》きなクマ、ゴリラ、トラのはく製《せい》のような人形《にんぎょう》が距離《きょり》をあけておかれている。まるで、遺伝子操作《いでんしそうさ》で巨大化《きょだいか》された動物《どうぶつ》のようだ。

チッチッチッチッチッ……と、どこからか機械音《きかいおん》が聞《き》こえている。

「いよいよ最終《さいしゅう》ゲームやなぁ。では、栄《は》えあるファイナリストの紹介《しょうかい》やぁ」

ノリノリのマギワだが、春馬《はるま》はそんな心境《しんきょう》ではない。

「エントリーナンバー1番《ばん》、頭脳戦《ずのうせん》もスポーツも得意《とくい》なマルチファイター、上山秀介《うえやましゅうすけ》ぇぇぇ！」

マギワに言《い》われて、春馬《はるま》はなんとなく一礼《いちれい》してしまった。

「エントリーナンバー2番《ばん》、度胸《どきょう》と直感力《ちょっかんりょく》で勝《か》ち残《のこ》った強気《つよき》のファイター、滝沢未奈《たきざわみな》ぁぁぁ！」

未奈《みな》は唇《くちびる》をかみしめている。気合《きあ》いを入《い》れなおしたようだ。

「エントリーナンバー3番《ばん》、スポーツなら敵《てき》なしのパワーファイター、竹井《たけい》カツエェェェ！」

カツエは1歩前《ぼまえ》に出《で》ると、「こうなったら、やるだけよ」とうなる。

「エントリーナンバー4番《ばん》、心理分析《しんりぶんせき》と冷静《れいせい》な判断《はんだん》のクールファイター、三国亜久斗《みくにあくと》ぉぉぉ！」

亜久斗《あくと》は無表情《むひょうじょう》だ。

「最終《さいしゅう》ゲームは…………**運《うん》だめしや**」

運《うん》だって……？

「福《ふく》の神《かみ》がついている者《もの》が勝《か》つゲームや。そして、これに勝《か》てば優勝《ゆうしょう》で1億円《おくえん》。みんなの好物《こうぶつ》の1億円《おくえん》が手《て》に入《はい》るんやでぇ。まさに、残《のこ》りものには福《ふく》があるというやつや」

えっ、どういうことだ？　計算《けいさん》があわないぞ。

「ここには4人《にん》いる。3人《にん》でわけたとしても、1人《ひとり》1億円《おくえん》にはならないけど……」

春馬《はるま》が質問《しつもん》すると、マギワは満足《まんぞく》そうにうなずく。

「今《いま》、それを説明《せつめい》しようと思《おも》ったところなんや。……ラストゲームの勝者《しょうしゃ》は1人《ひとり》や」

「勝者《しょうしゃ》は1人《ひとり》……？　だって、残《のこ》り3人《にん》は？」

「脱落《だつらく》やな」

あっさりと言《い》われて、春馬《はるま》は頭《あたま》が真《ま》っ白《しろ》になった。

ここに招待《しょうたい》された10人中《にんちゅう》、生《い》きて帰《かえ》れるのは1人《ひとり》だけ……。

「ふ、ふ、ふざけるな！　勝者《しょうしゃ》は1人《ひとり》だって！　そんなの最初《さいしょ》に説明《せつめい》するべきだろう。今《いま》さら、なんなんだ！　**9人も殺すつもりなのか！**」

「――うるさい、黙《だま》れ！」

声《こえ》をかけたのはカツエだ。

「カツエだって、ゲーム終了《しゅうりょう》でいいって……」

そこまで言《い》って春馬《はるま》は口《くち》ごもった。

カツエは戦《たたか》う決意《けつい》をしたようで、厳《きび》しい顔《かお》をしている。

となりの未奈《みな》も同《おな》じように、腹《はら》を決《き》めたような表情《ひょうじょう》だ。

「未奈《みな》もやる気《き》なのか？」

「……**このゲームにエントリーしたときから、あたしに選択肢《せんたくし》なんてなかったの。**２５００万円《まんえん》じゃ、妹《いもうと》を救《すく》えない。１億円《おくえん》が必要《ひつよう》なのよ。あたしは優勝《ゆうしょう》しないとならないの」

「……！」

「ふふふふふ……」と亜久斗《あくと》は押《お》し殺《ころ》した声《こえ》で笑《わら》っている。

春馬《はるま》以外《いがい》は、すでに戦闘《せんとう》モードに入《はい》っているようだ。

「秀介《しゅうすけ》、そんな顔《かお》をしていたら、真《ま》っ先《さき》にやられるでぇ」

マギワに言《い》われて、春馬《はるま》は現実《げんじつ》にもどされた。

ぐずぐずしていたらゲームに負《ま》ける。ここは切《き》り換《か》えないと……。


チッチッチッチッ……


不気味《ぶきみ》な機械音《きかいおん》が部屋《へや》に響《ひび》いている。

「まずはゲストの紹介《しょうかい》やぁ。クマちゃん、トラちゃん、ゴリラちゃんや。みんな、ウチのかわいいファミリーや」

マギワが動物《どうぶつ》のはく製《せい》を紹介《しょうかい》すると、カツエが顔《かお》を真《ま》っ赤《か》にして、

「そんなことより、はやくゲームをはじめろよ！」とさけんだ。

「なんや、せっかちやなぁ。せかさなくても説明《せつめい》するで。最終《さいしゅう》ゲームは、この部屋《へや》にいるウチをのぞいた動物《どうぶつ》に、好物《こうぶつ》を与《あた》えてほしいんや」

どういうことだ？

みんなが首《くび》をかしげていると、マギワが説明《せつめい》をつづける。

「正解《せいかい》の動物《どうぶつ》に好物《こうぶつ》を与《あた》えられたら、この館《やかた》から出《で》て、1億円《おくえん》をもらえるで。ただ、まちがえた動物《どうぶつ》に好物《こうぶつ》を与《あた》えたら、そいつに襲《おそ》われてジ・エンド。脱落《だつらく》や」

「……つまりはクマ、トラ、ゴリラのどれかに、その好物《こうぶつ》を与《あた》えたらいいんですね。そして、3頭《とう》の内《うち》の2頭《とう》がはずれで、1頭《とう》が正解《せいかい》。どの動物《どうぶつ》が正解《せいかい》かは、運《うん》……ということなんですね？」

春馬《はるま》がわかりやすく解説《かいせつ》して、マギワの同意《どうい》を求《もと》めた。

しかし、マギワは春馬《はるま》の解説《かいせつ》を無視《むし》して話《はなし》を進《すす》める。

「あぁ、しまった。大事《だいじ》なことを言《い》い忘《わす》れてしもうたぁ。**この館は午後2時に爆発するんや。**だから、それまでに正解《せいかい》を出《だ》さないと死《し》んでしまうんやった」

なんだって!?　爆発《ばくはつ》!?

「もしかして、この音《おと》？」

　チッチッチッチッ……

　春馬《はるま》が機械音《きかいおん》の発生場所《はっせいばしょ》を探《さが》すと、壁《かべ》にデジタルのタイマーが設置《せっち》してあった。

『2：30：10』『2：30：09』『2：30：08』『2：30：07』と、1秒《びょう》ごとにへっている。

「爆発《ばくはつ》まで、残《のこ》り2時間《じかん》30分《ぷん》や」

「もう探《さが》しにいってもいいのか！」

　カツエがしびれを切《き》らして聞《き》いた。

「そうやな。**最終《さいしゅう》ゲーム、スタ**――って、もうひとつ重要《じゅうよう》なことを忘《わす》れてたわ」

　部屋《へや》から出《で》ていこうとしていたカツエ、未奈《みな》、亜久斗《あくと》がふりかえる。

「このゲームは、ノ、ー、ル、ー、ルや」

「ノールールって……なんでもありってこと？」春馬《はるま》が聞《き》いた。

「**ここからは、一切の反則なし**ってことやな」

　それを聞《き》いたとたん、亜久斗《あくと》がなめまわすような目《め》で春馬《はるま》を見《み》た。

　彼《かれ》はなにを考《かんが》えているんだ。マジで不気味《ぶきみ》なやつだ。

「おーっとっと、説明《せつめい》が長《なが》くなってしまったなぁ」

そう言《い》ってマギワは1回息《かいいき》をととのえる。

「最終《さいしゅう》ゲーム、スタ――――トやぁぁぁぁぁぁぁ！」

マギワがさけぶと、すぐにカツエが部屋《へや》を飛《と》びだしていく。

つづいて亜久斗《あくと》が部屋《へや》を出《で》ていった。

未奈《みな》もなにかをふり切《き》るように、まっすぐ前《まえ》だけを見《み》て、走《はし》っていった。

「どうした、秀介《しゅうすけ》。いかへんのか？」

その場《ば》に立《た》ちつくしていた春馬《はるま》に、マギワが声《こえ》をかけてきた。

「……どうしてですか？」

「なんやて？」

「どうして、ぼくたちにこんなことをやらせるんですか？」

「そう言《い》われても、ウチは雇《やと》われただけや。なーんにも知《し》らんのや」

「卑怯《ひきょう》だ。大人《おとな》は卑怯《ひきょう》だ！」

春馬《はるま》が声《こえ》を荒《あら》げると、マギワは今《いま》までに見《み》せたことのない厳《きび》しい顔《かお》をした。

「あまえたら、あかん！　**これがアンタらの生きている世界や。**この世界《せかい》は勝《か》つか負《ま》けるかなんや。文句《もんく》があるんやったら、勝《か》つことや。残《のこ》ることや。残《のこ》りものには……」

そこまで言《い》って、マギワははっという顔《かお》をして口《くち》を閉《と》ざした。

どうしたんだろう？

マギワは**「残《のこ》りものには福《ふく》がある」**と言《い》いたかったみたいだけど……。

「……ほれ、はやく行《い》かんと先《さき》を越《こ》されるで」

それでも春馬《はるま》は動《うご》かない。

「死《し》にたいんか！」

マギワがムチをふるった。

春馬《はるま》の足《あし》もとで、バチンとムチが鳴《な》る。

「勝《か》つよ。勝《か》てばいいんでしょう！」

春馬《はるま》が部屋《へや》を出《で》ようとしたそのとき、未奈《みな》が入《はい》ってきた。

彼女《かのじょ》は、ホールにあった木彫《きぼ》りの鮭《さけ》を抱《かか》えている。

「もしかして、それがクマの好物《こうぶつ》だと思《おも》っているの？」

未奈《みな》は返事《へんじ》もしないで、クマのはく製《せい》の前《まえ》に進《すす》んでいく。

「そんなに簡単《かんたん》じゃないと思《おも》うけど」

未奈《みな》は目《め》をつむって、木彫《きぼ》りの鮭《さけ》をクマのはく製《せい》にさしだした。

なにがおきるのか……。

春馬《はるま》はかたずをのんで見守《みまも》る。

これが正解《せいかい》なら、未奈《みな》が優勝《ゆうしょう》でゲームは終《お》わる。

――なにもおきない。

「どうしたんだろう……」と未奈《みな》が首《くび》をかしげる。

「そのクマ、首《くび》に白《しろ》い月《つき》の輪《わ》の模様《もよう》があるだろう。ツキノワグマだ」と春馬《はるま》。

「だからなんなのよ」

「鮭《さけ》が好物《こうぶつ》なのはヒグマだ。ツキノワグマも食《た》べないことはないだろうけど、好物《こうぶつ》は木《き》の実《み》だ」

春馬《はるま》の言葉《ことば》に、未奈《みな》は不満《ふまん》そうな顔《かお》をする。

「それなら、これかも」

未奈《みな》はトラの前《まえ》に鮭《さけ》を持《も》っていくが、結果《けっか》は同《おな》じだ。

「わかってるわよ。そんなに簡単《かんたん》じゃないって言《い》いたいんでしょう」

未奈《みな》は捨《す》て台詞《ぜりふ》で部屋《へや》を出《で》ていく。

タイマーは『2：14：45』となっている。

春馬《はるま》はようやく部屋《へや》を出《で》た。

16 ルール無用《むよう》の恐怖《きょうふ》

春馬《はるま》は廊下《ろうか》を歩《ある》きながら、必死《ひっし》で気持《きも》ちを鎮《しず》めていた。
こんなときこそ冷静《れいせい》にならないと……。
でも、こうしている間《あいだ》にも、だれかが正解《せいかい》の動物《どうぶつ》の好物《こうぶつ》を見《み》つけるかもしれない。
いや、これは最後《さいご》のゲームだ。
簡単《かんたん》に答《こた》えが見《み》つかるとは思《おも》えない。
館内《かんない》をゆっくり歩《ある》きながら、頭《あたま》の中《なか》を整理《せいり》する。
まずは、動物《どうぶつ》の好物《こうぶつ》を探《さが》すことだ。
クマ、トラ、ゴリラだな。
でも、どの動物《どうぶつ》が正解《せいかい》かはわからない。
マギワは、ヒントらしいことは言《い》わなかった。

それじゃ、すべての動物《どうぶつ》に挑戦《ちょうせん》してみるか。

好物《こうぶつ》と言《い》って考《かんが》えられるのは食《た》べものだ。

厨房《ちゅうぼう》にいけば、なにかあると思《おも》うけど……。

料理《りょうり》は怨田《おんだ》と鬼崎《おにざき》が運《はこ》んでくれた。

こんな山奥《やまおく》だから、出前《でまえ》じゃないだろう。建物《たてもの》の中《なか》で料理《りょうり》されているはずだ。

まずは食堂《しょくどう》にいってみるか。

春馬《はるま》が食堂《しょくどう》に入《はい》ると、椅子《いす》とテーブルがあるだけだ。

「ここにはなにもないな」

昨日《きのう》も今日《きょう》も料理《りょうり》は温《あたた》かかった。すぐ近《ちか》くで調理《ちょうり》されてるはずだ。

食堂《しょくどう》を出《で》た春馬《はるま》は、となりの部屋《へや》のドアを開《あ》けた。

怨田《おんだ》と鬼崎《おにざき》がいた。2人《ふたり》は荷造《にづく》りをしている。

「なにか用《よう》か！」

怨田《おんだ》が低《ひく》い声《こえ》で言《い》った。

「ごめんなさい。まちがえました」

春馬《はるま》はあわててドアを閉《し》めた。

あの2人《ふたり》は荷造《にづく》りをしていた。ここが爆発《ばくはつ》する前《まえ》に逃《に》げるつもりだ。

『——爆発《ばくはつ》まで、あと2時間《じかん》です』

館内放送《かんないほうそう》が流《なが》れた。

残《のこ》り2時間《じかん》か。急《いそ》がないと……。

となりのドアを開《あ》けると、掃除道具《そうじどうぐ》があるだけだ。

そのとなりのドアは電子《でんし》ロックがかかっていて、数字《すうじ》のタッチパネルがついている。

暗証番号《あんしょうばんごう》で開《あ》けるタイプだ。

「ここがあやしいな」

こういうドアを開《あ》けるのを、テレビドラマで見《み》たことがある。

指《ゆび》で押《お》した跡《あと》をみれば、番号《ばんごう》がわかるんだ。

春馬《はるま》はタッチパネルを下《した》から見《み》た。しっかり指紋《しもん》が残《のこ》っている。番号《ばんごう》は①、②、③。

番号《ばんごう》はわかったけど、暗証番号《あんしょうばんごう》は4桁《けた》だ。同《おな》じ数字《すうじ》を2回押《かいお》しているんだな。

①②③①、①②③②、①②③③、①①②③、①②②③、③②①③、③②①②、③②①①……。

組《く》みあわせはまだまだある。全部《ぜんぶ》を試《ため》していたら、時間《じかん》オーバーになる。

暗証番号《あんしょうばんごう》って覚《おぼ》えやすい番号《ばんごう》にするんだよな。記念日《きねんび》とか誕生日《たんじょうび》とか……。

もしかして！

マギワの自己紹介《じこしょうかい》を思《おも》いだした。

彼女《かのじょ》は1年《ねん》の終《お》わるまぎわに生《う》まれたので、マギワという名前《なまえ》になったと言《い》っていた。

1年《ねん》の終《お》わるまぎわの日《ひ》は、12月《がつ》31日《にち》。

暗証番号《あんしょうばんごう》は①②③①だ。

春馬《はるま》はタッチパネルを押《お》そうとして、指《ゆび》を止《と》めた。

いや、これだとふつうだ。マギワの性格《せいかく》なら、ひとひねりしているはずだ。

誕生日《たんじょうび》の数字《すうじ》①②③①を逆《ぎゃく》から押《お》してみよう。

ガシャと音《おと》がしてロックが解除《かいじょ》され、ドアが開《あ》いた。

「やったぞ！」

そのとき、背中《せなか》に視線《しせん》を感《かん》じた。

ふりむいたが、だれもいない。

「おかしいな。気《き》のせいか……」

ドアを開《あ》けると、予想《よそう》は的中《てきちゅう》。厨房《ちゅうぼう》だ。

春馬《はるま》はすばやく中《なか》に入《はい》った。

水道《すいどう》、ガスレンジ、オーブン、たな、冷蔵庫《れいぞうこ》がある。
しかし、食料品《しょくりょうひん》はない。
そうか、冷蔵庫《れいぞうこ》だな。
冷蔵庫《れいぞうこ》を開《あ》けたが、中《なか》はがらんとしている。
空《から》かと思《おも》ったが、奥《おく》になにかある。
手《て》を伸《の》ばしてとると、1本《ぽん》のバナナだ。
「これだけか……、そうか、これでいいのか！」
バナナはゴリラの好物《こうぶつ》だ。
ゴリラが正解《せいかい》なら、ぼくの勝利《しょうり》だ！
バナナを持《も》って部屋《へや》を出《で》ると、いきなり背中《せなか》が重《おも》たくなった。
首《くび》がしめつけられて、息《いき》ができない。
ななな……なにがおきたんだ。
「ドアを開《あ》けてくれてありがとうよ」
この声《こえ》はカツエだ。待《ま》ちぶせしていたんだ！
彼女《かのじょ》がうしろから、ぼくの首《くび》をしめているんだ。

「ど……どうして？」

体《からだ》に力《ちから》が入《はい》らなくなった春馬《はるま》は、持《も》っていたバナナを落《お》とした。

「あたし、このゲームに勝《か》つアイディアを思《おも》いついたんだ」

「な……なん……だ？」

「おまえたちを失神《しっしん》させて、1人《ひとり》でゆっくりと動物《どうぶつ》の好物《こうぶつ》を探《さが》すんだよ」

「そ……そんなこと……」

春馬《はるま》の意識《いしき》がうすれていく。

「悪《わる》く思《おも》わないでよ。あたしは父《とう》ちゃんと家族《かぞく》のために、お金《かね》が必要《ひつよう》なの。工場《こうじょう》を取《と》りもどして、社員《しゃいん》も呼《よ》びもどして、昔《むかし》みたいに幸《しあわ》せに暮《く》らすの。そのためには、お金《かね》がいるんだ」

頭《あたま》がぼうっとしてきた。もうダメだ……。

そう思《おも》った瞬間《しゅんかん》、春馬《はるま》の体《からだ》が横《よこ》に飛《と》ばされた。

カツエから離《はな》れられたようだけど、ふらふらで立《た》っていられない。

春馬《はるま》はその場《ば》に倒《たお》れた。

なにがおきたんだ？

春馬《はるま》の前《まえ》に、むきあっている2人《ふたり》の姿《すがた》がぼんやり見《み》える。

「なにしやがる！」

さけんでいるのはカツエだ。

「横取《よこど》りしないでくれ」

この声《こえ》は……亜久斗《あくと》！

亜久斗《あくと》が、ぼくを助《たす》けてくれたのか！

春馬《はるま》はくらくらする頭《あたま》をおさえながら、目《め》をこらす。

カツエと亜久斗《あくと》がむきあっている。

「まぁ、いいかぁ。おまえから倒《たお》してやるよ！」

そう言《い》ってカツエが、亜久斗《あくと》に襲《おそ》いかかる。

パンチとキックをすごいスピードで浴《あ》びせかける。

これは、なんなんだ……。

春馬《はるま》は目《め》を疑《うたが》った。

カツエのはなつ強烈《きょうれつ》なパンチとキックを、亜久斗《あくと》はかるがるとかわしている。

息《いき》のあがるカツエに対《たい》して、亜久斗《あくと》は涼《すず》しい顔《かお》をしている。


ビュッ！


風《かぜ》を切《き》る音《おと》が聞《き》こえた。

倒《たお》れたのはカツエだ。

すごいスピードでよく見《み》えなかったが、亜久斗《あくと》のパンチがカツエの顔面《がんめん》に命中《めいちゅう》したようだ。

「おまえ、いったいなにものだよ！」

なんとか立《た》ちあがったカツエと、亜久斗《あくと》がにらみあう。

2人《ふたり》は目《め》をあわせたまま、距離《きょり》をちぢめようとしない。

「こんな対決《たいけつ》している場合《ばあい》じゃねぇ！」

カツエはすばやく身《み》をひるがえすと、バナナを拾《ひろ》って駆《か》けていった。

「……亜久斗《あくと》、ぼくを助《たす》けてくれたのか？」

春馬《はるま》が言《い》うと、亜久斗《あくと》はうすく苦笑《にがわら》いした。

助《たす》かったのはいいが、手《て》に入《い》れたバナナをカツエに奪《うば》われた。どうすればいいんだ？

「うわぁぁぁぁぁぁぁぁぁ！！！！」

そのとき、カツエの悲鳴《ひめい》が響《ひび》いてきた。

なにかあったようだ。

春馬《はるま》と亜久斗《あくと》は駆《か》けだした。

『弱肉強食《じゃくにくきょうしょく》の部屋《へや》』の前《まえ》につくと、一足先《ひとあしさき》に未奈《みな》が来《き》ていた。

「……ゴリラは正解《せいかい》じゃないみたい」

未奈《みな》が緊張《きんちょう》した顔《かお》で言《い》った。

春馬《はるま》と亜久斗《あくと》は部屋《へや》に入《はい》った。

ゴリラの太《ふと》い腕《うで》に抱《だ》きしめられたカツエが、白目《しろめ》をむいて動《うご》けなくなっている。

カツエがやられた。

ゴリラは正解《せいかい》じゃなかった。

「これで残《のこ》りは、トラかクマだな」と亜久斗《あくと》。

「勝《か》つのはあたし」と未奈《みな》。

「へぇ、どうしてだい？」

「1億円《おくえん》がどうしても必要《ひつよう》なのは、あたしだけだから。**気持ちだけは、だれにも負けない**」

「そういう気持《きも》ちで戦《たたか》っても、楽《たの》しめないだろう」

亜久斗《あくと》が言《い》うことは、やはりよくわからない。

「戦《たたか》って楽《たの》しいわけないじゃない」

「ふーん」

『**爆発《ばくはつ》まであと1時間《じかん》30分《ぷん》です**』

館内放送《かんないほうそう》が流《なが》れた。

それを聞《き》いて、未奈《みな》が部屋《へや》を飛《と》びだしていく。

亜久斗《あくと》が行《い》こうとするのを、春馬《はるま》は呼《よ》びとめた。

「亜久斗《あくと》」

「なんだい？」

「さっきは助《たす》けてくれて、ありがとう」

「……きみはなにもわかってない」

そう言《い》って、亜久斗《あくと》も部屋《へや》を出《で》ていった。

17 密室《みっしつ》の罠《わな》

時間《じかん》は刻々《こくこく》と迫《せま》っている。

実際《じっさい》は聞《き》こえていないのに、頭《あたま》の中《なか》で**チッチッチッ**……と、タイマーがへっている音《おと》が響《ひび》く。

ゆっくりしている時間《じかん》はない。

春馬《はるま》は、建物《たてもの》を探《さが》しながら、動物《どうぶつ》の好物《こうぶつ》について考《かんが》えることにした。

こうなったら、かたっぱしから部屋《へや》に入《はい》ってみよう。

最初《さいしょ》に『**真実《しんじつ》の部屋《へや》**』に入《はい》った。

壁《かべ》、ゆか、天井《てんじょう》に大小《だいしょう》さまざまな目《め》のイラストが描《か》かれている。

机《つくえ》と椅子《いす》があるだけの教室《きょうしつ》のような部屋《へや》。

「どこかに仕掛《しか》けがあるかもしれない」

壁《かべ》やゆかを調《しら》べたが、どこにも仕掛《しか》けはない。

時間《じかん》を無駄《むだ》にした。

『真実《しんじつ》の部屋《へや》』を出《で》ると、**『時計《とけい》の部屋《へや》』**に入《はい》った。

ガラスのゆかの下《した》が大《おお》きな時計《とけい》になっている円形《えんけい》の部屋《へや》だ。

春馬《はるま》は時計《とけい》を見《み》て、首《くび》をひねった。

ゆかの時計《とけい》は長針《ちょうしん》と短針《たんしん》が12を指《さ》していて、秒針《びょうしん》は止《と》まっている。

さっきは動《うご》いていたのに、壊《こわ》れているのかな？

部屋《へや》を見《み》まわしたが、動物《どうぶつ》の好物《こうぶつ》らしきものは見《み》つからない。

春馬《はるま》はホールに出《で》た。

少《すこ》し離《はな》れているけど、**『螺旋塔《らせんとう》』**に行《い》ってみよう。

わたり廊下《ろうか》を小走《こばし》りで駆《か》けた。

まわりを見《み》たが、トラとクマの好物《こうぶつ》らしきものはない。

『螺旋塔《らせんとう》』の階段《かいだん》の下《した》まできた。

昼間《ひるま》でも、ここは不気味《ぶきみ》だ。

展望室《てんぼうしつ》か階段《かいだん》に好物《こうぶつ》がおいてあるかもしれない。でも、階段《かいだん》で往復《おうふく》するのは時間《じかん》がかかる。

上《のぼ》りはエレベーターを使《つか》おう。

エレベーターを呼《よ》ぶボタンを押《お》すと、すぐにドアが開《あ》いた。
「ラッキー」
エレベーターに乗《の》ると、階数《かいすう》のボタンが1列《れつ》にたくさん並《なら》んでいる。
前《まえ》に乗《の》ったときは、マギワが操作《そうさ》したので気《き》がつかなかった。
一番下《いちばんした》のボタンには『1』、一番上《いちばんうえ》は『R』。中間《ちゅうかん》のボタンにはなにも書《か》いてない。
中間《ちゅうかん》のボタンを押《お》したら、途中《とちゅう》で止《と》まるのかな？
そんなことを考《かんが》えながら『R』のボタンを押《お》した。
エレベーターには、小型《こがた》テレビほどのモニターも設置《せっち》してある。
ドアが閉《し》まり、ぶーんという機械音《きかいおん》がして、エレベーターがあがりはじめた。
展望室《てんぼうしつ》まで少《すこ》し時間《じかん》がかかるだろう。
それまでに、トラとクマの好物《こうぶつ》を考《かんが》えよう。
食《た》べものだとしたら、トラは肉《にく》だ。クマは木《き》の実《み》だろうか。
2つとも厨房《ちゅうぼう》になかった。
「もしかして……」
怖《こわ》いことが頭《あたま》をよぎった。

トラもクマも、人間《にんげん》を襲《おそ》うことがある。好物《こうぶつ》はぼくたち……ま、まさかな……。

ガタンと音《おと》がして、エレベーターが停《と》まった。

「着《つ》いたのかな？」

そうではなかった。最悪《さいあく》のことがおきた。

モニターがつき、マギワの姿《すがた》が映《うつ》る。

「うわぁ、不注意《ふちゅうい》やなぁ。いそいでいるときこそ確実《かくじつ》な方法《ほうほう》にせなあかんでぇ。地震《じしん》がおきたらエレベーターは止《と》まるんや。そうしたら、どうするんや？　階段《かいだん》を使《つか》うんやったな。このままなら、ここで終《お》わりやでぇ。ほな、さいなら」

そんな……。

春馬《はるま》はドアをたたいたが、むなしく音《おと》が響《ひび》くだけだ。

このまま、エレベーターの中《なか》でタイムアップになるのか。

ぼくは、ここで死《し》ぬのか。

どうすればいいんだ？

ここから脱出《だっしゅつ》する方法《ほうほう》は……。ダメだ。うかばない。

ここに閉《と》じこめられて、どれくらいだろう。

『館《やかた》の爆発《ばくはつ》まで、あと60分《ぷん》です』館内放送《かんないほうそう》が流《なが》れた。

階段《かいだん》を選《えら》んでいたら、こんなことにならなかった。

テレビ局《きょく》のアナウンサーは、エレベーターを使《つか》わないと聞《き》いたことがある。

地震《じしん》などで閉《と》じこめられて、放送《ほうそう》に間《ま》にあわなくなると、こまるからだ。

マギワも、地震《じしん》がおきたらエレベーターは止《と》まるって言《い》っていたな。

以前《いぜん》、地震《じしん》の緊急対策《きんきゅうたいさく》をテレビで放送《ほうそう》していた。

エレベーターに乗《の》っているときに地震《じしん》がおきたら、すべてのボタンを押《お》すんだったな……。

「もしかして……」

春馬《はるま》は、階数《かいすう》のボタンをすべて押《お》した。
しかし、なにもおきない。
やっぱり、ダメなのかな……。
そのとき、ガタンとエレベーターがゆれた。
まさか、落《お》ちたりしないだろうな。
春馬《はるま》の不安《ふあん》は、すぐにおさまった。
エレベーターが上昇《じょうしょう》しはじめたのだ。
「やった、成功《せいこう》したぞ!」
そして、展望室《てんぼうしつ》に到着《とうちゃく》した。
エレベーターを降《お》りた春馬《はるま》は、いそいで展望室《てんぼうしつ》をひとまわりした。
ここにも、クマとトラの好物《こうぶつ》はなかった。
帰《かえ》りは階段《かいだん》で下《お》りることにした。
『館《やかた》の爆発《ばくはつ》まで、あと30分《ぷん》です』
館内放送《かんないほうそう》が流《なが》れた。
時間《じかん》がどんどんなくなる。どうすればいいんだ。

春馬《はるま》は駆《か》け足《あし》で階段《かいだん》を下《お》りた。

わたり廊下《ろうか》を歩《ある》いていると、館内放送《かんないほうそう》でマギワの声《こえ》が流《なが》れてきた。

「みんな、なにしてるんや。このままやと全員《ぜんいん》が脱落《だつらく》やでぇ。特別《とくべつ》にヒントを出《だ》すでぇ。クマの好物ははちみつ、トラの好物は肉や。がんばらないと、みんなの好物の1億円がなくなるでぇ」

これがヒントだって？

ぜんぜん、わからない。

「トラの好物《こうぶつ》が肉《にく》なのは予想通《よそうどお》りだったけど、クマははちみつだったのか」

なにかが引《ひ》っかかった。

「はちみつ、ハチミツ、蜂蜜《はちみつ》、ハチミッツ、ハチ3つ、8が3つ、8、8、8……。あああ！」

麗華《れいか》の部屋番号《へやばんごう》だ。

888号室《ごうしつ》で8が3つだと言《い》っていた。あの部屋《へや》になにかある。

春馬《はるま》はわたり廊下《ろうか》を駆《か》けぬけ、館《やかた》の階段《かいだん》を駆《か》けあがった。

2階《かい》の廊下《ろうか》を走《はし》り、『888号室《ごうしつ》』の前《まえ》まできた。

ゆっくりとドアを開《あ》ける。

そこに先客《せんきゃく》がいた。

18 弱肉強食《じゃくにくきょうしょく》のバトル

８８８号室《ごうしつ》で、春馬《はるま》を待《ま》っていたのは亜久斗《あくと》だった。

「……遅《おそ》いよ名探偵《めいたんてい》くん。待《ま》ちくたびれたじゃないか……」

亜久斗《あくと》がベッドに寝《ね》そべって知恵《ちえ》の輪《わ》をしている。

その横《よこ》に、はちみつのびんがおかれている。

「それ、どこにあったんだ？」

「花《か》びんの中《なか》だよ。おれの部屋《へや》に花《か》びんはなかったので、おかしいと思《おも》ったんだ」

「先《さき》を越《こ》されたなら、しかたがないな」

春馬《はるま》は気《き》のないふりをして、亜久斗《あくと》を観察《かんさつ》する。

バトルでカツエにも負《ま》けない亜久斗《あくと》に、力《ちから》では勝《か》てない。

それに、彼《かれ》の行動《こうどう》はどうも奇妙《きみょう》だ。

マギワの放送《ほうそう》を聞《き》いてから、春馬《はるま》がここにくるまで数分《すうふん》しかたってない。それなのに、彼《かれ》はすでにはちみつのびんを見《み》つけている。放送前《ほうそうまえ》から、こうしていたんだ。どうしてだ？

「ぼくが来《く》るのを待《ま》っていたのか？」

「おれはね、きみと戦《たたか》いたくて『ゲーム続行《ぞっこう》』と言《い》ったんだよ」

「おまえ、バカじゃないのか！」

「かもしれない」と亜久斗《あくと》は笑《わら》った。

「勝負《しょうぶ》したいなら、ここでのゲームを終《お》わらせてからでもできただろう！」

「そうだな。……でも、この勝負《しょうぶ》は楽《たの》しいだろう？　おれたち、どちらかが死《し》ぬんだ。いや、2人《ふたり》とも死《し》ぬかもしれない。なんか、ヒリヒリするだろう。生《い》きているって感《かん》じがする」

こいつはおかしい。

「正解《せいかい》は、クマだと思《おも》うかい？」

亜久斗《あくと》が質問《しつもん》してきた。

「ぼくの推理《すいり》を聞《き》きたいわけ？」

「そうだ」

春馬《はるま》は2つのことを考《かんが》えていた。

1つは、亜久斗《あくと》の質問《しつもん》の『クマが正解《せいかい》か？』ということ。

もう1つは、彼《かれ》がなにを考《かんが》えているのか？

どちらも答《こた》えは出《で》ない。

「亜久斗《あくと》は、ぼくになにをしてほしいんだ？」

「勝負《しょうぶ》だよ」

「それなら、はちみつを先《さき》に見《み》つけたきみの勝《か》ちだろう」

「本当《ほんとう》の勝負《しょうぶ》はこれからだ。クマが正解《せいかい》とはかぎらないからね」

「……だから、ぼくとなにがしたいんだよ！」

「いっしょにきてほしい」


春馬《はるま》と亜久斗《あくと》は『**弱肉強食《じゃくにくきょうしょく》の部屋《へや》**』に入《はい》った。

タイマーは『0：23：29』と表示《ひょうじ》している。

残《のこ》り時間《じかん》は、23分《ぷん》か。

そのとき、春馬《はるま》は部屋《へや》の異変《いへん》に気《き》がついた。

ゴリラの人形《にんぎょう》が壊《こわ》されている。そして、カツエがいない。

「まさか、彼女《かのじょ》はゴリラを破壊《はかい》して逃《に》げたのか」

春馬《はるま》は驚《おどろ》いているが、亜久斗《あくと》は気《き》にもしていないようだ。

「あの女《おんな》はどうでもいい。ゴリラに捕《つか》まった時点《じてん》で脱落《だつらく》だ。それよりも、おれたちの勝負《しょうぶ》だ」

クマが正解《せいかい》なら、亜久斗《あくと》の勝《か》ちでゲームは終《お》わり。

彼《かれ》からはちみつのびんを奪《うば》うのは不可能《ふかのう》だ。

春馬《はるま》は、クマが正解《せいかい》ではないことを願《ねが》うだけだ。

「ところで、トラの好物《こうぶつ》は肉《にく》と言《い》っていただろう？」

もったいぶるように亜久斗《あくと》が話《はなし》をはじめた。

「だから、なんだよ。それはまだ見《み》つかってないんだろう」

「いいや、ちがう。ぼくは見つけたんだ」

「えっ！」

はったりだろうか。でも、亜久斗《あくと》はそういうことをするタイプには見《み》えない。

もしかして……。

「その顔《かお》は、きみも同《おな》じことを考《かんが》えていたね」

春馬《はるま》の背中《せなか》に汗《あせ》が流《なが》れた。

「おれはゴリラに襲《おそ》われたカツエを見《み》て、ピンときたんだ。トラは人間《にんげん》を襲《おそ》うこともある。好物の肉はおれたちだ。おれはこの2頭《とう》の好物《こうぶつ》を持《も》ってきたんだ」

――やられた！

ぼくはトラのエサとして、ここに連《つ》れてこられたんだ！

亜久斗《あくと》が888号室《ごうしつ》で待《ま》っていたのは、勝負《しょうぶ》したいからじゃない。利用《りよう》したいからだ。

「はちみつはここにおいておこう」

亜久斗《あくと》がはちみつのびんをゆかにおいたが、手《て》がすべったのかびんが横《よこ》になり、春馬《はるま》のほうにころがった。

「えっ？」

春馬《はるま》はころがるびんを目《め》で追《お》ってしまった。それもトラップだった。

「すきありだ」

瞬間《しゅんかん》、春馬《はるま》の顔面《がんめん》に激痛《げきつう》が走《はし》った。

春馬《はるま》の意識《いしき》が飛《と》んだ。

「――……まずはトラから試《ため》すとしようか」

亜久斗《あくと》の声《こえ》が聞《き》こえてきた。

どうやら、1発《ぱつ》のパンチで失神《しっしん》させられたようだ。

意識《いしき》がもどってくると、ぼんやりとトラが見《み》えた。

倒《たお》れた春馬《はるま》を、亜久斗《あくと》がトラの前《まえ》まで運《はこ》んだのだ。

亜久斗《あくと》はタイマーを見《み》る。

『0：19：00』となっている。

「残《のこ》り時間《じかん》19分《ふん》か。あの世《よ》にいく19時間《じかん》だ。さよなら」

そう言《い》うと亜久斗《あくと》は、ふらりと立《た》ちあがった春馬《はるま》をトラの前《まえ》につきとばした。

「うわあああああ！」

春馬《はるま》はトラに抱《だ》きつき、暴《あば》れて悲鳴《ひめい》をあげた。

そして、ゆかに倒《たお》れて動《うご》かなくなった。

「トラではなかったようだな。……さよなら、秀介《しゅうすけ》」

亜久斗《あくと》はそう言《い》うと、はちみつのびんを持《も》ってクマの前《まえ》にいく。

「クマが正解《せいかい》か。残《のこ》りものには福《ふく》がある……か。これで、1億円《おくえん》はおれのものだ」

亜久斗《あくと》はクマの前《まえ》に立《た》つと、はちみつのびんをさしだした。

うぉおおおお!

短《みじか》い間《ま》のあと、クマはほえると、大《おお》きな手《て》ではちみつのびんをつかんで口《くち》にほうりこんだ。

まるで本物《ほんもの》のクマのようだ。

「そうか、うれしいのか。さぁ、1億円《おくえん》を出《だ》してくれ」

次《つぎ》の瞬間《しゅんかん》、クマが亜久斗《あくと》に襲《おそ》いかかった。

「えっ!」

大《おお》きなクマの手《て》が亜久斗《あくと》を横《よこ》なぐりに吹《ふ》っ飛《と》ばした。倒《たお》れた亜久斗《あくと》の上《うえ》に襲《おそ》いかかる。

「ど……どうして……」

クマの巨体《きょたい》にのしかかられて、亜久斗《あくと》は瀕死《ひんし》状態《じょうたい》だ。

「……クマは不正解《ふせいかい》だよ」

春馬《はるま》が、トラの下《した》からはいだしてくる。

「トラの好物《こうぶつ》が、人間《にんげん》というのは……まちがいだ」

息《いき》も絶《た》え絶《だ》えの亜久斗《あくと》は、春馬《はるま》を見《み》て目《め》をまるくしてる。

「お……お……おまえ……どうして……」

「芝居《しばい》をさせてもらった。動物《どうぶつ》がどういうふうに襲《おそ》ってくるか、ぼくたちは見《み》ていないだろう。だから、トラを相手《あいて》に、派手《はで》にやられたふりをしたんだ」

「……そ……そんな……」

亜久斗《あくと》は必死《ひっし》に意識《いしき》を保《たも》とうとするが、その目《め》がじょじょに閉《と》じられていく。

「トラの好物《こうぶつ》の肉《にく》のヒント、ありがとう」

「……な……に……？」

「ぼくをトラに押《お》し出《だ》す前《まえ》、亜久斗《あくと》は19分《ふん》で、いく時間《じかん》と言《い》っただろう。はちみつは8が3つで、19分《ふん》でいくなら、トラの好物《こうぶつ》の肉《にく》は……」

「29、か……」

「そうだ」

「……29だって。……ふざけるなぁぁぁぁ！！！」

亜久斗《あくと》の最期《さいご》の言葉《ことば》は、絶叫《ぜっきょう》だった。

⑲ 帰《かえ》れるのは1人《ひとり》だけ

『館《やかた》の爆発《ばくはつ》まで、あと10分《ぶん》です』

春馬《はるま》が廊下《ろうか》を駆《か》けていると、館内放送《かんないほうそう》が流《なが》れた。

29のからくりは、おそらくこの部屋《へや》だ。

春馬《はるま》は『**時計《とけい》の部屋《へや》**』のドアを開《あ》けた。

ここにも先客《せんきゃく》がいた。

「あたしが先《さき》に気《き》がついたのよ」

未奈《みな》がゆかのガラスの上《うえ》で仁王立《におうだ》ちしている。

「1人《ひとり》じゃ、この仕掛《しか》けは解除《かいじょ》できない。ボタンを押《お》す者《もの》と、針《はり》をあわせる者《もの》が必要《ひつよう》だ」

春馬《はるま》が言《い》うと、未奈《みな》は冷《つめ》たいまなざしをむける。

「信用《しんよう》できない」

「助《たす》けあわないと、トラの好物《こうぶつ》は取《と》りだせないよ」

「……」

未奈《みな》は春馬《はるま》を警戒《けいかい》している。生《い》き残《のこ》れるのは1人《ひとり》だけだから。

「好物《こうぶつ》を取《と》りだしたあと、どうするつもり？」

「それは……」

「戦《たたか》う？」

未奈《みな》はファイティングポーズをとる。

「話《はな》しあいっていうのはどう？」

「冗談《じょうだん》のつもり？」

「ぼくは無事《ぶじ》にここから出《で》られたら、お金《かね》はいらない」

「生《い》き残《のこ》れるのは1人《ひとり》だけよ」

そのとおりだ。

でも、このままだと2人《ふたり》とも脱落《だつらく》だ。

「あたしが1億円《おくえん》を持《も》って帰《かえ》らないと、妹《いもうと》は手術《しゅじゅつ》が受《う》けられないの」

「わかってる」

春馬《はるま》は考《かんが》えていた。

彼女《かのじょ》に勝《か》ったら、ぼくは1億円《おくえん》をもらえるだろうか？

ぼくは上山秀介《うえやましゅうすけ》じゃない。「嘘《うそ》つき」ということになる。嘘《うそ》つきは、失格《しっかく》だ。

これだけの仕掛《しか》けをする人物《じんぶつ》なら、ぼくが身替《みが》わりだと気《き》づいていてもおかしくない。

でも、それなら、どうしてはやく失格《しっかく》にしないんだ。

……ぼくが勝《か》ち残《のこ》ったあとで、失格《しっかく》にするつもりなのか？

それなら、だれも1億円《おくえん》をもらえない。

大人《おとな》のやりそうな卑怯《ひきょう》な計画《けいかく》だ。

ぼくは結局《けっきょく》、ゲームをおもしろくする道具《どうぐ》に使《つか》われているだけか……。

勝《か》っても負《ま》けても、ここから生《い》きて出《で》られないのか？

「なに、黙《だま》りこんでるのよ！」

「……力《ちから》をあわせよう」

春馬《はるま》が言《い》うと、未奈《みな》は警戒《けいかい》している顔《かお》をした。

『館《やかた》の爆発《ばくはつ》まで、あと5分《ふん》です』

「2人《ふたり》でここで死《し》ぬつもりか!?」

「……わかったわ」

未奈《みな》がようやく折《お》れた。

「どっちがボタンを押《お》す？」

未奈《みな》が警戒《けいかい》した声《こえ》で聞《き》く。

「ぼくが針《はり》をあわせるから、ボタンを押《お》してくれる？」

「……それでいいわ」

『館《やかた》の爆発《ばくはつ》まで、あと4分《ぷん》です』

未奈《みな》が壁《かべ》のボタンを押《お》すと、ゆかのガラスのロックが解除《かいじょ》される。

春馬《はるま》はガラスを開《あ》けて、長針《ちょうしん》を29分《ふん》にあわせる。

29分《ふん》。ニク《２９》だ。しかし、なにもおきない。

「どうなってるのよ！」

未奈《みな》が大《おお》きな声《こえ》を出《だ》す。

「……そうか、これを時計《とけい》と考《かんが》えたらダメなんだ。これは肉《にく》を出《だ》す扉《とびら》のダイヤルだ」

春馬《はるま》は、短針《たんしん》を2の数字《すうじ》に、長針《ちょうしん》を9の数字《すうじ》にあわせた。

「2と9で――肉《にく》だ」

ガタガタガタガタ……

天井《てんじょう》から、音《おと》が聞《き》こえてきた。

春馬《はるま》は時計《とけい》から離《はな》れて、ガラスのゆかの上《うえ》に立《た》った。

「ボタンを離《はな》して！」

未奈《みな》がボタンから指《ゆび》を離《はな》すと、ゆかのガラスが閉《し》まる。

そして、ゴトンと天井《てんじょう》からなにかが落《お》ちてきた。

骨付《ほねつ》き肉《にく》の塊《かたまり》の、おもちゃだ。

ていねいに『**トラの好物《こうぶつ》**』と書《か》かれている。

「これだ！」

春馬《はるま》はそれをつかんで、ドアの前《まえ》に駆《か》けていく。

「どうするつもり！」

未奈《みな》が追《お》ってくる。

「**1億円は、ぼくがもらう**」

春馬《はるま》は言《い》い捨《す》てて、廊下《ろうか》に出《で》た。

——これが彼女《かのじょ》のためだ。ぼくは亜久斗《あくと》ほど人間観察《にんげんかんさつ》は得意《とくい》じゃない。それでも、彼女《かのじょ》の性格《せいかく》は単純《たんじゅん》でわかりやすい。

ぼくが犠牲になる。

と言《い》っても、未奈《みな》はすなおに聞《き》き入《い》れてくれないだろう。説得《せっとく》している内《うち》に時間《じかん》がすぎてしまう。それなら、こうするほうがはやい。

『館《やかた》の爆発《ばくはつ》まで、あと3分《ぷん》です』

春馬《はるま》はフルスピードで廊下《ろうか》を走《はし》る。

彼女《かのじょ》は追《お》いつけないはずだ。

ふりむくと、2、3メートルうしろに未奈《みな》がいる。

「嘘《うそ》だろう！」

思《おも》っていたより速《はや》いぞ。これが火事場《かじば》の馬鹿力《ばかぢから》か！

それでも未奈《みな》をふり切《き》って、**『弱肉強食《じゃくにくきょうしょく》の部屋《へや》』**に入《はい》った。

「うわぁぁぁぁ」

そのとたん、足《あし》に激痛《げきつう》が走《はし》って、目《め》の前《まえ》が回転《かいてん》した。

「いたっ、いたたたた……」

だれかに足《あし》を引《ひ》っかけられた。

「これが肉《にく》ね！」

この声《こえ》はカツエだ。

春馬《はるま》が顔《かお》をあげると、カツエが肉《にく》のおもちゃに近《ちか》づく。

だが、すぐうしろに未奈《みな》が追《お》いついている。

一瞬《いっしゅん》はやく、肉《にく》のおもちゃを拾《ひろ》ったのは、未奈《みな》だ。

「だめだ、未奈《みな》！」

春馬《はるま》がさけぶが、未奈《みな》の耳《みみ》には入《はい》らない。

彼女《かのじょ》はトラに持《も》っていこうとする。

「しょうがないな！」

春馬《はるま》が未奈《みな》に飛《と》びつくと、彼女《かのじょ》の手《て》から肉《にく》のおもちゃが落《お》ちる。

『**館《やかた》の爆発《ばくはつ》まで、あと2分《ふん》です**』

肉《にく》のおもちゃがゆかをころがる。

カツエが、それに飛《と》びつき、同時《どうじ》に未奈《みな》も飛《と》びつこうとする。

「だから、ちがうんだよ！」

さけびながら春馬《はるま》も、割《わ》りこむ。

ガツッ！

「いてぇなぁ！」とカツエがさけび、

「いってぇぇぇ！」と春馬《はるま》が大声《おおごえ》を出《だ》し、

「いたっ！」と未奈《みな》が短《みじか》く言《い》った。

頭《あたま》がもろにぶつかって、３人《にん》はその場《ば》に倒《たお》れる。

目《め》の前《まえ》に星《ほし》が飛《と》んでいる。

『館《やかた》の爆発《ばくはつ》まで、あと1分《ぷん》です。59秒《びょう》、58秒《びょう》、57秒《びょう》……』

カウントダウンがはじまる。

最初《さいしょ》に立《た》ちあがったのは、カツエだ。彼女《かのじょ》が肉《にく》のおもちゃを拾《ひろ》って、トラの前《まえ》に走《はし》りこむ。

未奈《みな》が追《お》おうとするが、春馬《はるま》が止《と》めた。

「離《はな》して！」

「正解《せいかい》は、トラじゃない！」

「えっ!?」

カツエがトラの口《くち》に肉《にく》のおもちゃをくわえさせる。

「これで、あたしの勝《か》ちだ！」

短《みじか》い間《ま》のあと、「うぉぉぉぉぉ！」とほえたトラが大《おお》きな口《くち》を開《ひら》き、カツエに飛《と》びかかった。

「うわぁぁぁぁ……」

腹《はら》に嚙《か》みつかれたカツエは動《うご》けない。

「ど……ど……どうして……？」

今度《こんど》こそ、カツエは動《うご》かなくなった。

館内放送《かんないほうそう》のカウントダウンが進《すす》む。

『……29秒《びょう》、28秒《びょう》、27秒《びょう》、26秒《びょう》……』

動《うご》きだしたトラは、春馬《はるま》と未奈《みな》にむかって歩《ある》いてきた。

「……ど、どういうこと？」

未奈《みな》があとずさりながら聞《き》いた。

「やっぱりそうか……」

土壇場《どたんば》にきて、ジグソーパズルのすべてのピースが埋《う》まった。

ゲームの説明《せつめい》のとき、マギワは「この部屋にいるウチをのぞいた動物に、好物を与えてほしいんや」と言《い》っていた。

この部屋《へや》にいた動物《どうぶつ》はクマ、トラ、ゴリラだけじゃない。

「……ぼくたちだ。ぼくたちも動物《どうぶつ》だ」

「いきなり、なによ！」

「マギワさんの放送《ほうそう》だよ。『**ヒントを出《だ》す**』と言《い》ってただろう」

「それなら、あたしも聞《き》いたわ。クマがはちみつで、トラは肉《にく》だと言《い》ってた」

「それだけじゃない。最後《さいご》にこう言《い》ったんだ。『**がんばらないと、みんなの好物《こうぶつ》の1億円《おくえん》がなくなる**』って」

「……たしかに言《い》ったけど、それがなに。ここでトラに襲《おそ》われたら、あたしたちは終《お》わりよ」

トラは獲物《えもの》を物色《ぶっしょく》するような目《め》で、春馬《はるま》と未奈《みな》を見《み》る。

2人《ふたり》は部屋《へや》のすみに追《お》いやられる。

「これが最後《さいご》の絶体絶命《ぜったいぜつめい》のようだな」

春馬《はるま》がつぶやいた。

「マギワさんはこうも言《い》っていた。『**残《のこ》りものには福《ふく》がある**』」

「だから、なんなのよ！」

「3頭の動物に襲われて、3人が脱落したら、残った1人に、好物の1億円が与えられるんだ」

「えっ！」

『……20秒《びょう》、19秒《びょう》、18秒《びょう》、17秒《びょう》、16秒《びょう》……』

残《のこ》り15秒《びょう》を切《き》った。もう時間《じかん》がない。

トラが大《おお》きな口《くち》をあけて、春馬《はるま》と未奈《みな》にむかってくる。

「いいか、絶対《ぜったい》に妹《いもうと》を大切《たいせつ》にするんだぞ」

「なに言《い》ってるのよ！」

春馬《はるま》は未奈《みな》をうしろにつきとばすと、肉《にく》のおもちゃを拾《ひろ》ってトラの前《まえ》に身《み》を投《な》げだした。

「どうして……どうしてよおおおお！」

「は……はやく……ここを出《で》るんだ」

トラに嚙《か》みつかれる痛《いた》みにたえながら、未奈《みな》に言《い》う。

未奈《みな》は呆然《ぼうぜん》と立《た》ちつくしている。

『……10秒《びょう》、9秒《びょう》、8秒《びょう》、7秒《びょう》……』

「扉《とびら》は開《あ》いているはずだ……いそげ………………はやくいけ！」

最後《さいご》の力《ちから》をふりしぼって、春馬《はるま》はさけんだ。

『館《やかた》の爆発《ばくはつ》まで、5秒《びょう》、4秒《びょう》……』

館内放送《かんないほうそう》のカウントダウンがつづく。

「ありがとう……」

そう言《い》って未奈《みな》は駆《か》けだした。その瞳《ひとみ》に涙《なみだ》があふれてくる。

「生《い》きろ！」

春馬《はるま》がさけんだが、未奈《みな》はもういない。

でも、この声《こえ》はきっと彼女《かのじょ》に届《とど》いたはずだ。

意識《いしき》が遠《とお》くなる。

痛《いた》いはずなのに、気持《きも》ちがいい。
こんなところに来《く》るんじゃなかった。
ぼくって本当《ほんとう》にお人好《ひとよ》しだ。
でも、これでよかったのかもしれない。
未奈《みな》は1億円《おくえん》を手《て》にして家《いえ》に帰《かえ》る。これで、彼女《かのじょ》の妹《いもうと》は手術《しゅじゅつ》を受《う》けられる。
きっと彼女《かのじょ》の妹《いもうと》は助《たす》かる。それでいい……。
それでいいんだ。ぼくは2人《ふたり》を助《たす》けたんだ。
秀介《しゅうすけ》には悪《わる》いことをした。そして、パパとママやクラスメイトにはもう会《あ》えない……。
そう思《おも》うと、すごくさびしい。
また、前《まえ》みたいに、みんなとサッカーがしたいなぁ。
パパとママとファミレスに行《い》きたいな。
どうしたんだろう、急《きゅう》に眠《ねむ》たくなってきた。
もう、おきていられない。ダメだ。このまま死《し》ぬんだ……。

20 そして日常《にちじょう》がはじまる

春馬《はるま》は目《め》を覚《さ》ました。
すごく気持《きも》ちのいい目覚《めざ》めだ。
ぼくは死《し》んだと思《おも》ったんだけど、それじゃ、ここは天国《てんごく》かな。
それにしては、見覚《みおぼ》えのある天井《てんじょう》が見《み》えるな。
もしかして、ここはぼくの部屋《へや》じゃないか。
寝《ね》ているベッドも、ぼくのベッドだ。
どうして、ここにいるんだ。
いや、どうやってここにもどってきたんだ。
春馬《はるま》はとびおきた。
「生《い》きてる。……ぼく、生《い》きている。なにがおきてるんだ？？？」

ブルブルブルブル……

携帯電話《けいたいでんわ》が振動《しんどう》している。メールの着信《ちゃくしん》があったようだけど……。
春馬《はるま》はなんども首《くび》をかしげながら、机《つくえ》においてある携帯電話《けいたいでんわ》を手《て》にとった。
ディスプレイに表示《ひょうじ》されている日付《ひづけ》は『9月《がつ》1日《ついたち》』。
絶命館《ぜつめいかん》でトラに襲《おそ》われて死《し》んだのが……。
いや、死《し》んではいないから、死《し》んだと思《おも》ったのが、8月《がつ》31日《にち》。
あれから、1日《にち》たっているけど……。
春馬《はるま》は受信《じゅしん》したメールを開《ひら》いた。

武藤春馬《むとうはるま》くんへ
ウチは死野《しの》マギワちゃんやで。
今回《こんかい》のゲーム、きみは大活躍《だいかつやく》やったな。
でも、他人《たにん》になりすまして参加《さんか》したのはあかんなぁ。
嘘《うそ》はよくないでぇ。
本来《ほんらい》なら、おしおきやけど、それはまたその内《うち》な。

次《つぎ》は、春馬《はるま》としてゲームに参加《さんか》してな。
それとゲームで知《し》りあった人《ひと》のことを調《しら》べたり、
会《あ》いにいったりするのは禁止《きんし》や。
絶体絶命《ぜったいぜつめい》ゲームのことを人《ひと》に話《はな》すのも禁止《きんし》や。
もし、だれかに話《はな》したら命《いのち》の保証《ほしょう》はないでぇ。
ほな、元気《げんき》でな。
また会《あ》える日《ひ》を楽《たの》しみにしているでぇ。
さいなら。

死野《しの》マギワより

「やっぱり、嘘《うそ》はばれていたんだ。——って、それならどうしてぼくは無事《ぶじ》なんだ？」

わからないことばかりだけど、生《い》きて帰《かえ》れたから、まぁいいか。

未奈《みな》はどうなったのかな？

メールには調《しら》べたり、会《あ》いにいくことは禁止《きんし》と書《か》いてあるけど……。

もう一度《いちど》、会《あ》いたいな。

そのころ、桐島麗華《きりしまれいか》は大《おお》きなベッドで目《め》を覚《さ》ました。

東京《とうきょう》が一望《いちぼう》できるタワーマンションの最上階《さいじょうかい》だ。

「おはよう。麗華《れいか》」

声《こえ》をかけたのは、長身《ちょうしん》でイケメンの紳士《しんし》だ。

「パパ、日本《にほん》に帰《かえ》ってたの」

イケメンの紳士《しんし》は、麗華《れいか》の父親《ちちおや》だ。

「今朝《けさ》、ニューヨークから帰《かえ》ってきたんだ」

「今回《こんかい》はゆっくりできるの？」

「それが、来週《らいしゅう》にはパリに行《い》かないとならないんだ」

「あわただしいのね」

「ゲームはどうだった？」

「楽《たの》しかったわ」

「お金《かね》の怖《こわ》さがわかっただろう」

「そうね。たかだか1億円に本気《ほんき》で命《いのち》を賭《か》けるなんて、信《しん》じられないわ」

「麗華《れいか》がお金《かね》の怖《こわ》さに気《き》がついたなら、それでいいんだ」

「パパ、ひと晩《ばん》で5億円《おくえん》もカジノで負《ま》けたでしょう。ママが怒《おこ》ってたわよ」

「そんなには負《ま》けてないよ。3億円《おくえん》だ」

麗華《れいか》のパパは、頭《あたま》をかく。

「それより、麗華《れいか》が野犬《やけん》に襲《おそ》われるっていう映像《えいぞう》を見《み》せてほしいな」

「いいわよ。すごい迫力《はくりょく》なの。それと、わたしの演技《えんぎ》も最高《さいこう》よ」

「アカデミー賞監督《しょうかんとく》にたのんで、作《つく》ってもらったんだ。そうでなくちゃ」

「ただ、あの夜《よる》、雨《あめ》が降《ふ》ったのに道《みち》がかわいていたから、録画《ろくが》だとばれないか、ひやひやしたわ」

「2パターン、作《つく》るべきだったな」

「あの監督《かんとく》、そういうところがあまいのよ。アカデミー賞監督《しょうかんとく》も質《しつ》が落《お》ちたわね」

麗華《れいか》のパパは、こまったという顔《かお》をする。

「それと、中学《ちゅうがく》はドバイがいいわ。日本《にほん》って、わたしにあわないのよ」

「去年《きょねん》はパリがいいと言《い》っていたじゃないか」

「パリは冬《ふゆ》が寒《さむ》そうなのよ。ドバイにして」

「考《かんが》えておくよ」

「ありがとう。パパ」
麗華《れいか》は美《うつく》しい顔《かお》で笑《わら》った。

成田空港《なりたくうこう》で未奈《みな》は、両親《りょうしん》と妹《いもうと》を見《み》おくった。
ゲームで手《て》にした1億円《おくえん》で、妹《いもうと》は移植手術《いしょくしゅじゅつ》が受《う》けられる。
未奈《みな》もアメリカについていきたかったが、節約《せつやく》しなくてはならないのであきらめた。
空港《くうこう》を出《で》た未奈《みな》は、ある小学校《しょうがっこう》へむかった。
パパの友人《ゆうじん》に人《ひと》さがしをしてくれる人《ひと》がいて、上山秀介《うえやましゅうすけ》のことを調《しら》べてもらった。
彼《かれ》は、東京《とうきょう》の小学校《しょうがっこう》にいた。
「絶体絶命《ぜったいぜつめい》ゲーム」で死《し》んだかと心配《しんぱい》していたが、無事《ぶじ》のようだ。
お礼《れい》が言《い》いたかった。
それと、会《あ》いたかった。元気《げんき》な姿《すがた》を見《み》たかった。
学校《がっこう》はすぐに見《み》つかった。
校門《こうもん》から出《で》てきた女子生徒《じょしせいと》を呼《よ》びとめて、
「上山秀介《うえやましゅうすけ》くんを探《さが》しているんですけど」と言《い》った。

その女子《じょし》は親切《しんせつ》に、グラウンドに案内《あんない》してくれた。

サッカー部《ぶ》が練習《れんしゅう》をしている。

「ストレッチしているのが上山秀介《うえやましゅうすけ》くんだよ」

その女子《じょし》が指《ゆび》さした。

「えっ、そうなの？」

そこにいたのは、未奈《みな》の知《し》っている秀介《しゅうすけ》じゃない。

「どうしたの？」

「うん……」

未奈《みな》は目《め》をこらして見《み》たが、絶命館《ぜつめいかん》で会《あ》った秀介《しゅうすけ》とは別人《べつじん》だ。

「……人《ひと》ちがいだったみたい」

「そう、残念《ざんねん》ね」

未奈《みな》はグラウンドに背中《せなか》をむけた。

そのとき、春馬《はるま》が遅《おく》れてグラウンドにやってきた。

しかし、未奈《みな》は気《き》づかずに帰《かえ》っていった。

おわり

あとがき

はじめまして、藤《ふじ》ダリオです。

ダリオという名前《なまえ》を聞《き》いて、日本人《にほんじん》じゃないのかな？　と思《おも》った人《ひと》もいるかもしれませんが、この名前《なまえ》はペンネームです。

ぼくが子《こ》どものころ、『サスペリア』というイタリアのホラー映画《えいが》が公開《こうかい》になりました。

映画《えいが》もヒットしましたが、「決《けっ》して、一人《ひとり》では見《み》ないでください」という宣伝《せんでん》コピーが話題《わだい》になりました。

この映画《えいが》の監督《かんとく》、ダリオ・アルジェントのダリオをペンネームにさせてもらいました。

『サスペリア』のように怖《こわ》くてわくわくする小説《しょうせつ》を書《か》きたいと思《おも》ってつけたペンネームです。

ぼくは読書《どくしょ》も好《す》きですが、映画《えいが》を観《み》るのも好《す》きです。

ミステリー、ホラー、アクション、ＳＦ《エスエフ》、コメディーなどたくさんの映画《えいが》を観《み》てきました。

その中《なか》でも、とくにお気《き》に入《い》りなのが『大脱走《だいだっそう》』という映画《えいが》です。

第二次世界大戦中《だいにじせかいたいせんちゅう》にドイツ軍《ぐん》の捕虜《ほりょ》になった連合軍《れんごうぐん》の兵士《へいし》が、絶対《ぜったい》に脱出不可能《だっしゅつふかのう》といわれた収容所《しゅうようじょ》から脱出《だっしゅつ》する話《はなし》です。

ドイツ兵《へい》に見《み》つからないように脱走計画《だっそうけいかく》をたて、捕虜収容所《ほりょしゅうようじょ》から脱出《だっしゅつ》します。でも、それで終《お》わりではありません。次《つぎ》にドイツの国《くに》から、いかに脱出《だっしゅつ》するか。

3時間《じかん》ちかい映画《えいが》でしたが、ずっとドキドキしっぱなしでした。しかも、この映画《えいが》は実際《じっさい》に起《お》きたことを元《もと》に作《つく》られているんです。

もしかすると、『絶体絶命《ぜったいぜつめい》ゲーム』の原点《げんてん》は映画《えいが》『大脱走《だいだっそう》』かもしれません。

機会《きかい》があったら『大脱走《だいだっそう》』も観《み》てください。

最後《さいご》まで読《よ》んでくれて、ありがとうございました。

藤《ふじ》ダリオ

藤ダリオ先生へのファンレターはこちらまでどうぞ！
〒102－8177　東京都千代田区富士見2－13－3
株式会社KADOKAWA　角川つばさ文庫編集部　藤ダリオ先生

角川つばさ文庫

藤ダリオ／作
札幌出身。映画やテレビアニメのシナリオライターを経て『出口なし』(角川ホラー文庫）で作家デビュー。主な著書に『山手線デス・サーキット』『同葬会』（共に角川ホラー文庫)、児童書には「あやかし探偵団 事件ファイル」シリーズ（くもん出版）などがある。『ＣＳＩ』などの海外ドラマにはまっています。

さいね／絵
VOCALOID曲などにイラストや動画を提供しているイラストレーター・動画師。イラスト集『さいね Illustration Works world×world』（KADOKAWA）がある。１日１回は実家の猫に会いたいと思いつつ、仕事しています。

角川《かどかわ》つばさ文庫《ぶんこ》

絶《ぜっ》体《たい》絶《ぜつ》命《めい》ゲーム
１億《おく》円《えん》争《そう》奪《だつ》サバイバル

作《さく》　藤《ふじ》ダリオ
絵《え》　さいね

2017年２月15日　初版発行
2021年６月５日　25版発行

発行者　青柳昌行
発　行　株式会社KADOKAWA
〒102-8177　東京都千代田区富士見 2-13-3
電話　0570-002-301（ナビダイヤル）
印　刷　大日本印刷株式会社
製　本　大日本印刷株式会社
装　丁　ムシカゴグラフィクス

ISBN978-4-04-631681-3　C8293　N.D.C.913　239p　18cm

●お問い合わせ
https://www.kadokawa.co.jp/（「お問い合わせ」へお進みください）
※内容によっては、お答えできない場合があります。
※サポートは日本国内のみとさせていただきます。
※Japanese text only

読者のみなさまからのお便りをお待ちしています。下のあて先まで送ってね。
いただいたお便りは、編集部から著者へおわたしいたします。
〒102-8177　東京都千代田区富士見 2-13-3　角川つばさ文庫編集部